wishtree

願《ねが》いごとの樹《き》

キャサリン・アップルゲイト

尾高薫◎訳

偕成社

耳をすましてごらん

昔《むかし》　人の言葉《ことば》を話す
　オークの木があったという
木はわたしの友だちだ
　どの木も話しかけてくる
大切なことは
　すべて木から教わった
声高《こわだか》に話すばかりで
　しずかに耳をすまさぬ者《もの》に
木の言葉《ことば》は
　けっして聞こえない

――メアリー・キャロリン・デイビス（一九二四年）

新しく来た人たちと
それを迎《むか》え入れる人たちへ

装画・挿し絵 チャールズ・サントソ
装幀 藤田知子

願《ねが》いごとの樹《き》

1章

木が人と話をするのはむずかしい。わたしたち木は、おしゃべりが苦手《にがて》だ。

そのかわり、人間にはけっしてまねのできない、すばらしい力がある。

産毛《うぶげ》におおわれたフクロウのひなをやさしくあやしたり、きゃしゃなツリーハウスをがっしりとささえたり、光合成《こうごうせい》をしたり。

だが人間と話すとなると、雲行きがあやしくなる。

気のきいたジョークを、なんていわれたら完全《かんぜん》にお手上げだ。

相手《あいて》が信頼《しんらい》できる顔見知りなら、問題《もんだい》なく話せるのだけれど。向《む》こう見《み》ずのリスとは話すし、はたらき者《もの》のイモムシとも話す。はなやかなチョウや、人見知りのガとも話すよ。鳥とはどうかって？　ああ、連中《れんちゅう》はなんとも楽しいね。カエルかい？　気むずかしいが、根《ね》はいいやつらだ。ヘビ？　うわさ話ばかりしているよ。

木とは話すかって？　木の仲間《なかま》でいやなやつなんて、ただの一本もお目にかかったことがないね。

まあ……厳密《げんみつ》にいうと、向《む》こうの角《かど》にあるスズカケの木以外《いがい》、だ。あいつときたら、はなもちならないはなつまみ者《もの》で、はなしにならない。

さて、木は人間と話すのか、という問題《もんだい》にもどろう。これはなかなかの難問《なんもん》だ。

そもそも、「話す」こと自体がきわめて人間的《にんげんてき》な営《いとな》み、しかも木と人間の関係《かんけい》は少々複雑《ふくざつ》、ときている。人は木を抱《だ》きしめたかと思えば、次《つぎ》の瞬間《しゅんかん》には、その木でテーブルをつくったり、患者《かんじゃ》が医者《いしゃ》の前で口をアーンするときに舌《した》をおさえるへらをつくったりする。

理科の「さまざまな生《い》き物《もの》とわたしたち」の授業《じゅぎょう》で、木が話をすることを教わらないのは、なぜなんだろう。

先生を責《せ》めてはいけないよ。たぶん、木が話すってことを知らないんだ。ほとんどの人とおなじようにね。

だからもし、とびきりいいことが起《お》こりそうな日に、親しげに笑《わら》いかけているような木を見かけたら、ものはためし、立ちどまって耳をすましてごらん。

木のジョークは笑《わら》えない。

でも、物語《ものがたり》はお手のものだ。

聞こえてくるのが木《こ》の葉《は》のさざめきだけでも大丈夫《だいじょうぶ》。たいていの木は、はずかしがりやだから。

2章

もうしおくれたが、わたしはレッド。
ひょっとしたら、会ったことがあるかな？　小学校の近くにあるオークの木だよ。巨《きょ》木《ぼく》とはいわないがかなり大きくて、夏は木陰《こかげ》が涼《すず》しく、秋には紅葉《こうよう》がきれいだ。
レッドオークという種類《しゅるい》で、学名はQuercus rubra《クエルクス ルーブラ》。北アメリカでよく見かける木のひとつだ。この近所《きんじょ》だけで何百本ものレッドオークが、編《あ》み物《もの》をあむように地面《じめん》に根《ね》を張《は》りめぐらせている。
わたしの樹皮《じゅひ》は赤みをおびた灰色《はいいろ》で、無数《むすう》にひびわれ、大きなかたい葉《は》には深《ふか》い切れこみがあって、がんこ者《もの》の根《ね》っこはどこまでものびていく。

自分でいうのもなんだが、紅葉《こうよう》の美《うつく》しさは、この通りでいちばんだ。「レッド」という名前さえものたりない。十月になると、わたしは真《ま》っ赤《か》に燃《も》えさかる。消防車《しょうぼうしゃ》が水をかけに来ないのが不思議《ふしぎ》なくらいだ。

ところで、レッドオークの木がどれも「レッド」と呼《よ》ばれているといったら、意外《いがい》に思うかな？

おなじように、シュガーメイプルの木はどれも「シュガー」だ。ネズの木はみな「ネズ」。そして、ブージャムの木は「ブージャム」。

これが木の世界《せかい》の流儀《りゅうぎ》だ。一本一本を区別《くべつ》する名前は必要《ひつよう》ない。クラスの全員《ぜんいん》が「マイケル」という名前だったら、と想像《そうぞう》してごらん。きのどくに、先生は毎朝、出席《しゅっせき》をとるたび、ひどく苦労《くろう》するだろう。

木は学校に行かないから、その心配《しんぱい》はない。

もちろん、なにごとにも例外《れいがい》はある。ロサンジェルスには、自分のことを「カルマと呼《よ》んでくれ」などとふざけたことをいう、きどったヤシの木があるらしい。

3章

友だちは、わたしをレッドと呼《よ》ぶ。よかったら、あなたもどうぞ。けれどこの町の人たちは、昔《むかし》からわたしのことを「願《ねが》いごとの樹《き》」と呼《よ》んでいる。

理由《りゆう》は、わたしがまだまだ青二才《あおにさい》で、ほんの若木《わかぎ》だったころにさかのぼる。長くなるので、その話はまた今度《こんど》。

毎年、五月一日になると、町じゅうの人が、願《ねが》いごとを書いた紙切れや短冊《たんざく》や端布《はぎれ》や毛糸の切れはし、ときにはくつしたでわたしをかざりたてる。どの願《ねが》いごとにも、夢《ゆめ》や願望《がんぼう》やあこがれがこめられている。

枝《えだ》にかけたり、投《な》げあげたり、リボンむすびにしたり——どれも、なにかしらよりよくしたいという希望《きぼう》だ。

願《ねが》いごとの樹《き》の発祥《はっしょう》の地はアイルランドで、その歴史《れきし》は、何世紀《なんせいき》も前にさかのぼる由緒《ゆいしょ》あるものだ。ほとんどがサンザシかトネリコの木だが、それ以外《いがい》でも世界《せかい》じゅうにある。

願《ねが》いごとをしに来る人は、たいてい思いやりがある。むすび目をきつくすると枝《えだ》の成長《せいちょう》をさまたげると、わかっているらしい。若葉《わかば》にもやさしく、むきだしの根《ね》をふまないよう気をつけてくれる。

町のみんなは、端布《はぎれ》か紙切れに書いた願《ねが》いごとをわたしの枝《えだ》にむすぶ。ほとんどの人が、そのときに願《ねが》いを声に出してささやく。

伝統的《でんとうてき》には、五月一日が「願《ねが》いごとの日」だが、立ちよる人は一年じゅういる。

これまでに聞いた願《ねが》いごとといえば、(やれやれ……。)

空飛《と》ぶスケートボードがほしい。

戦争《せんそう》のない世界《せかい》を。
雲ひとつない天気が一週間つづきますように。
世界一《せかいいち》大きなチョコバーが食べたいな。
地理のテストでいい成績《せいせき》がとれますように。
ジェントリーニ先生、毎朝毎朝おこらないで。
ペットのアレチネズミとおしゃべりしたい。
お父さんがよくなりますように。
たまには、おなかいっぱい食べたいよ。
ひとりぼっちはもういやだ。
なにを願《ねが》えばいいか教えてくれ〜。

なんともたくさんの願《ねが》い——りっぱなもの、くだらないもの、わがままなもの、心温《こころあたた》まるもの——これだけの願《ねが》いごとが、古いくたびれたわたしの枝《えだ》にささげられるのだから、名誉《めいよ》なことだ。

五月一日の終《お》わりには、巨大《きょだい》なごみ箱《ばこ》をひっくりかえしたようなありさまになってい
るけれど。

4章

もう気がついているかもしれないが、わたしは仲間《なかま》の木よりおしゃべりだ。ただし、そうなったのは最近《さいきん》のこと。まだ、こつをつかんでいる最中《さいちゅう》だ。

おしゃべりな一方で、秘密《ひみつ》を守《まも》るのもわたしの仕事《しごと》だ。願《ねが》いごとの樹《き》は、口がかたくなければならない。

人間は、ありとあらゆることを木に語りかける。木が聞きじょうずと知っているからだ。

もっとも、わたしたちに、聞かないという選択肢《せんたくし》があるわけではない。とはいえ、聞けば聞くほど学ぶことだらけだ。

ボンゴは、わたしがおせっかいだという。いかにもそのとおり。

ボンゴというのは若《わか》い雌《めす》のカラスで、わたしの親友だ。まだらもようの卵《たまご》を、くちばしでつついて出てきたときから知っている。

わたしたちは意見《いけん》が合わないこともあるけれど、どんな生《い》き物《もの》だろうと、友だちとはそういうものだ。意外《いがい》な組み合わせの友情《ゆうじょう》におどろかされたことは、これまでに何度《なんど》もある。ポニーとヒキガエル、アカオノスリとシロアシネズミ、ライラックの茂《しげ》みとオオカバマダラチョウ。みんな、ときにはけんかもしたものだ。

わたしが思うに、ボンゴは若《わか》い鳥にしては悲観的《ひかんてき》すぎる。反対《はんたい》にボンゴのほうは、わたしが年寄《としよ》りの木にしては楽観的《らっかんてき》すぎると思っている。

それは本当だ。わたしは楽観主義者《らっかんしゅぎしゃ》だ。人生を長い目で見ようとしている。長生きして、いいことも悪《わる》いことも見てきた。けれど、いいことのほうが、悪いことより断然《だんぜん》多かった。

というわけで、ボンゴとわたしは、「意見《いけん》がちがう」という点で意見が一致《いっち》する。そ

れでいい。どのみち、ふたりはちがうのだから。たとえばボンゴは、木の名前のつけ方がばかばかしいと思っている。

カラスは自分で自分の名前をつける。ボンゴも、初《はじ》めて空を飛《と》んだ日に名前をつけた。

ただし、いつまでもこの名前でいるとはかぎらない。カラスは思いつきで名前を変《か》える。ボンゴのいとこのギズモなどは、十七回も名前を変《か》えた。

人間の名前を拝借《はいしゃく》するカラスもいる。ジョーという名前のカラスは、数えきれないくらいだ。

自分が好《す》きなものを名前にする場合もある。カンノフタ、ナツメゼリー、シンデルネズミなどなど。デススパイラル、バレルロールといった曲芸飛行《きょくげいひこう》のわざを名前にすることもある。ナスイロ、カブトムシイロと、色の名前をとることも。

自分が得意《とくい》なものまねを名前にするカラスも多い。（カラスはものまね名人だ。）知っているだけでも、フウリン、トレーラー、ムカツクウンテンシュ。なかには、口に出すのがはばかられるものもある。

この通りを少し行ったところにガレージがあって、ボンゴの名前の由来《ゆらい》となった中学生のロックバンドが練習場《れんしゅうじょう》にしている。メンバーは四人。楽器《がっき》はアコーディオンと、ベースギターと、チューバと太鼓《たいこ》のボンゴだ。

バンドはまだガレージ以外《いがい》で演奏《えんそう》したことはないけれど、ボンゴはいつも屋根《やね》の上でリズムに合わせ、ごきげんで体をゆらしている。

5 章

木とカラスのちがいは、名前のつけ方だけじゃない。木の仲間《なかま》には、雄《おす》の木と雌《めす》の木がある。そしてわたしのように、雄雌両方《おすめすりょうほう》の者《もの》もいる。まぎらわしいが、自然界《しぜんかい》ではよくあることだ。だからわたしは、おじいさんと呼《よ》ばれようが、おばあさんと呼ばれようが、どちらでもかまわない。

長生きするうちに学んだのだが、植物学者《しょくぶつがくしゃ》——一日じゅう植物について研究《けんきゅう》できる幸《しあわ》せ者《もの》——は、アメリカヒイラギやヤナギの仲間《なかま》を雌雄異株《しゆういしゅ》と呼《よ》ぶ。雄《おす》と雌《めす》がべつべつの木、という意味《いみ》だ。

わたしやほかの多くの木は、雌雄同株《しゆうどうしゅ》だ。一本の木に雄《おす》の花と雌《めす》の花がべつべつに咲《さ》くことを、おしゃれにいうとこうなる。

どうだい、木の世界《せかい》は、思っていたよりもぐっと奥《おく》が深《ふか》いだろう。

6章

木とカラスに共通《きょうつう》するのは――というより、自然界《しぜんかい》のすべてに共通なのは――人に話しかけてはならない、という掟《おきて》だ。その理由《りゆう》は、自分自身《じぶんじしん》を守《まも》るため。

じつをいうと、永遠《えいえん》にだまっていることがはたして正しいのだろうかと、前々から疑《ぎ》問《もん》に思っていた。声をあげたい、口出ししたい、人間をたすけたい、と思ったことは数えきれない。それでもわたしは、ひと言も話さなかった。それが掟《おきて》だから。

だれかが掟《おきて》をやぶったことはないのかって？　あるにきまってるだろう。

去年《きょねん》は、ハエという名前のカエルの失敗談《しっぱいだん》を聞いた。（カエルは好物《こうぶつ》の虫を名前にする。）郵便受《ゆうびんう》けの中で昼寝《ひるね》していたハエは、急《きゅう》にふたがあけられてパニックになり、ゲロゲロ鳴きながらとびだして、郵便配達員《ゆうびんはいたついん》を気絶《きぜつ》させた。たおれた人間のおでこにすわりこんで、ひらあやまりにあやまっていると、その声で配達員《はいたついん》が目を覚《さ》ました、というわけだ。

これはあきらかに、「人間と話してはならない」という掟《おきて》に違反《いはん》している。けれど毎度《まいど》のことながら、事件《じけん》はすぐに忘《わす》れ去《さ》られた。結局《けっきょく》のところ郵便配達員《ゆうびんはいたついん》は、カエルがしゃべるはずはない、と百パーセント信《しん》じていた。だから「あれは、ただの空耳《そらみみ》」と自分にいいきかせたのだ。

その配達員《はいたついん》が事件《じけん》のあと、ほどなくして仕事《しごと》をやめたというのは、なかなか興味深《きょうみぶか》い。それにしても、自然界《しぜんかい》に存在《そんざい》する木やカエルや、カワウソやミソサザイや、トンボやアルマジロ、その他大勢《たおおぜい》のはてしない数を考えると、そろそろ人間がわたしたちの小さな秘密《ひみつ》に気づいても、おかしくないころだと思うのだが……。

どうして気づかないのかって？

自然《しぜん》はいたずら好《ず》きだ。そして人間は……いいにくいけれど、観察力《かんさつりょく》のある者《もの》はそうそういない。とまあ、そういうことだ。

もしあなたが、好奇心《こうきしん》が強いか、うたぐり深《ぶか》いタイプなら、木は実際《じっさい》にどうやって会話をするのかと疑問《ぎもん》に思うだろう。近所《きんじょ》に生えているマツかポプラかカエデをしらべて、魔法《まほう》のような謎《なぞ》をときあかそうとするかもしれない。

人間は、肺《はい》とのどと声帯《せいたい》と、舌《した》とくちびるをつかって話す。それは、音と息《いき》とそれぞれの器官《きかん》の動《うご》きを組み合わせた、複雑《ふくざつ》な交響曲《こうきょうきょく》のようなものだ。けれど情報《じょうほう》を伝《つた》えるには、ほかにもいろいろな方法《ほうほう》がある。まゆをあげたり、笑《わら》いをかみ殺《ころ》したり、涙《なみだ》をはらいのけたり。これも気持《きも》ちを伝《つた》える手段《しゅだん》だ。

人間とおなじで、木の会話も奇跡《きせき》といっていいほど複雑《ふくざつ》だ。太陽《たいよう》の光と、糖分《とうぶん》と水と風と土の神秘的《しんぴてき》な舞《ま》いの中で、目に見えない架《か》け橋《はし》をきずいて、世界《せかい》とつながる。カエルにもカエルのつながり方がある。犬もそうだ。イモリも、クモも、ゾウも、サギもおなじこと。

具体的《ぐたいてき》にはどうやって？　答えを見つけるのは、あなたの仕事《しごと》だ。自然《しぜん》はいたずらが好《す》き、そして秘密《ひみつ》も大好きなのだ。

7章

ところで、わたしはただの木ではない。家であり、コミュニティだ。

住人《じゅうにん》は、わたしの枝《えだ》に巣《す》をつくる。根元《ねもと》に巣穴《すあな》を掘《ほ》る。葉《は》に卵《たまご》を産《う》みつける。

わたしには洞《うろ》もある。木に洞《うろ》、つまり幹《みき》や枝《えだ》にあいた穴《あな》ができるのはめずらしくない。わたしのような古い木の場合は特《とく》に。

小さな洞《うろ》は、コガラやネズミのすみかにぴったりだ。とびきり大きな洞《うろ》なら、チャレンジ精神旺盛《せいしんおうせい》なクマでも入れる。

残念《ざんねん》ながらここは都会《とかい》なので、近所《きんじょ》にクマはいない。テディベアなら各種《かくしゅ》とりそろっているけれど。アライグマとキツネと、スカンクとフクロネズミとネズミなら、これまでかなりの数を住《す》まわせてきた。このうえなく礼儀《れいぎ》正しい、愛《あい》すべきハリネズミの一家が住《す》んでいた年もある。

人間をかくまったこともある。

話せば長くなる。(リスがためこんだドングリのように、この手の話は山ほどある。)

洞《うろ》のできる理由《りゆう》はさまざまだ。キツツキ。枝折《えだお》れ。稲妻《いなずま》。病気《びょうき》。虫。

わたしには三つの洞《うろ》がある。中くらいの大きさのふたつは、キツツキのしわざだ。いちばん大きな洞《うろ》は、かなり若《わか》いときにできた。雪の重《おも》さで弱った大枝《おおえだ》が、北東からの強風にあおられて折《お》れたのだ。それは大きな傷《きず》となり、治《なお》るのには時間がかかった。その年の春、わたしの芽吹《めぶ》きはまばらで、秋の紅葉《こうよう》も地味《じみ》だった。(正直《しょうじき》、はずかしくてしかたなかった。)

けれどいつしか傷《きず》は癒《い》え、虫たちが傷あとにできた空洞《くうどう》をひろげて、今では地上一メートル二十センチくらいのところに、深《ふか》いたて型《がた》の洞《うろ》がある。

洞《うろ》は、住人《じゅうにん》を雨風から守《まも》ってくれる。心おきなくねむったり、大切なものをしまったりもできる、安全《あんぜん》な場所《ばしょ》だ。

悪《わる》いできごとも、十分な時間と愛情《あいじょう》と希望《きぼう》の力があれば、いいことに変《か》わると、洞《うろ》は教えてくれている。

他人《たにん》を住《す》まわせていれば、うまくいくときばかりとはかぎらない。自分が定員《ていいん》オーバーのマンションになったようで、うんざりすることもある。しかも、もめごとはひっきりなしだ。

それでも、なんとかやってきた。自然《しぜん》は持《も》ちつ持たれつ。キツツキは幹《みき》に穴《あな》をあけるかわりに、悪《わる》い虫を食べてくれる。芝生《しばふ》は熱《あつ》い照《て》り返《かえ》しをやわらげてくれるかわりに、わたしと水の取《と》り合《あ》いをする。

毎年、春には新しい住人《じゅうにん》がやってきて、もとからいた住人《じゅうにん》と、けんかの末《すえ》に折《お》り合《あ》いをつける。今年の春は特別《とくべつ》で、たくさんの赤んぼうが生まれた。フクロウとフクロネズミとアライグマの赤んぼ

うが、わたしを家と呼《よ》び、近くの家の玄関《げんかん》ポーチの下に住《す》むスカンクの赤んぼうも、毎日やってくる。

前代未聞《ぜんだいみもん》。こんなに大勢《おおぜい》の赤んぼうがいるのは初《はじ》めてだ。動物《どうぶつ》は混雑《こんざつ》をきらい、なわばりを必要《ひつよう》とする。これでは、巣《す》がぬすまれたり、真夜中《まよなか》にけんかしたり、といったもめごとが起《お》きても不思議《ふしぎ》じゃない。

もちろん、意見《いけん》がわかれることはしょっちゅうだ。けれどわたしは、ここに住《す》むかぎり隣人《りんじん》を食べてはならない、ときっぱりいいわたしてある。

わたしとしては、大勢《おおぜい》の住人《じゅうにん》がいても少しもじゃまにならない。

だれかを守《まも》るというのは、すばらしいことだ。

8章

わたしのコミュニティには、もうひとり、サマールというメンバーがいる。「お客《きゃく》さん」といったほうがいいかもしれない。

一月、サマールと両親《りょうしん》が、わたしの木陰《こかげ》にある二軒《けん》の家のひとつに引《ひ》っ越《こ》してきた。せまい裏庭《うらにわ》のある小さな青い家で、玄関《げんかん》のポーチは少したわんでいる。サマールは十歳《さい》くらいで、用心深《ようじんぶか》い目と、はにかんだ笑顔《えがお》の女の子だ。

サマールはときおり、多くのことを見すぎてしまった者《もの》のような表情《ひょうじょう》を見せる。世界《せかい》がしずまるのを待《ま》っているように。

引《ひ》っ越《こ》してすぐ、サマールは両親《りょうしん》が寝《ね》しずまったあとで、庭《にわ》へぬけだしてくるようになった。

凍《い》てつく冬の夜も、赤い長ぐつと緑《みどり》の上着《うわぎ》を着《き》てやってきた。吐《は》く息《いき》が氷《こおり》のベールのよう。サマールは月を見て、わたしを見て、ときどき、となりの小さい緑《みどり》の家を見ていた。その家には、おなじ年ごろの少年が住《す》んでいる。

暖《あたた》かくなってくると、サマールはパジャマにガウンを羽織《はお》り、わたしの根元《ねもと》に古い毛布《もうふ》をしいてすわるようになった。

すると、月の光に照《て》らしだされた、そのものしずかなたたずまいと、おだやかなふんいきに引きつけられるように、わたしの住人《じゅうにん》たちもアザミとタンポポの綿毛《わたげ》をしきつめた巣《す》からはいだし、あつまってきた。サマールを自分たちの仲間《なかま》だとみとめたらしい。

なかでもボンゴは、サマールにぞっこんだ。いつも肩《かた》まで飛《と》んでいって、ちゃっかりとまる。ときには、サマールの声をじょうずにまねて、「コンチワ」とあいさつする。

昼間に見つけた、ささやかなプレゼントを持《も》ってくることもあった。ミニカー。金色のヘアリボン。びんの王冠《おうかん》。

ボンゴは小さい洞《うろ》のひとつに、こうしたこまごましたものをしまいこんでいた。(家主《やぬし》のフクロネズミは大目に見てくれている。)「賄賂《わいろ》がいつ必要《ひつよう》になるかわからないから」といって。

けれども、サマールへのプレゼントは賄賂《わいろ》じゃない。「友だちになれてうれしい」というボンゴの気持《きも》ちだ。

これがおとぎ話なら、サマールには魔法《まほう》の力があって、動物《どうぶつ》にまじないをかけたということになるだろう。さもなければ、動物《どうぶつ》が自分から巣《す》や巣穴《すあな》をはなれるなんて、ありえない。人間がこわいから――もっともな理由《りゆう》だ。

けれど、この物語《ものがたり》はおとぎ話ではなく、魔法《まほう》は出てこない。

人間とおなじように、動物《どうぶつ》も資源《しげん》をめぐって争《あらそ》う。食うか食われるか、弱肉強食《じゃくにくきょうしょく》の、命をか

けた争《あらそ》いだ。

自然《しぜん》はかならずしも公平《こうへい》とはかぎらないし、いつも美《うつく》しくやさしさにあふれているわけでもない。

それでもときには、思いがけない贈《おく》り物《もの》をとどけてくれる。春の夜、庭《にわ》をおとずれるサマールの姿《すがた》は、しずかにじっと待《ま》つことの優美《ゆうび》さ、あるがままに受《う》け入れることの気《け》高《だか》さを、わたしに思い出させてくれた。

いくつになっても、おどろかされることはまだまだある。

9
章

わたしは、サマールの家族《かぞく》がこの町に来てくれてうれしかった。
新しい人が来るのは、ずいぶんひさしぶりだ。ありとあらゆる場所《ばしょ》からやってきたほかの家族《かぞく》とおなじように、時がたてば、この家族も地域《ちいき》に根《ね》をおろすだろう。根《ね》っこのことなら、わたしも多少は知っている。
何日か前、サマールが庭《にわ》にやってきた。夜中の二時。いつも以上《いじょう》におそい時間だ。どうやら泣《な》いていたらしい。ほおがぬれていた。サマールはわたしの幹《みき》によりかかり、熱《あつ》い雨のような涙《なみだ》をそそいだ。

手の中に、小さな布《ぬの》がある。ピンク色に小さな水玉もよう。なにかが書いてある。願《ねが》いごとだ。数か月ぶりの願いごと。

サマールが願《ねが》いごとの樹《き》の話を知っていても、おどろきはしなかった。わたしは地元の名士《めいし》のようなものだから。

サマールは手をのばすと、いちばん低《ひく》い枝《えだ》をやさしく引きよせ、布《ぬの》をゆるくむすんだ。

「友だちがほしい……。」

ささやき声でいうと、緑《みどり》の家をちらっと見た。二階《かい》のカーテンのかげで人影《ひとかげ》が動《うご》いた。

そうしてサマールは、小さい青い家にもどっていった。

10章

世界《せかい》が目まぐるしく変《か》わりゆく中、二世紀以上《せいきいじょう》もひとところにじっとしていると、いろいろなことがある。

その多くは、というよりほとんどが、いいことばかりだ。

涼《すず》しい葉陰《はかげ》でピクニックをする者《もの》、プロポーズをするカップル。枝《えだ》の下で誓《ちか》いがかわされ、傷《きず》ついた心が癒《いや》された。昼寝《ひるね》をする者《もの》、夢《ゆめ》を見る者。木をのぼろうとする者。たくさんの人々を見て、物語《ものがたり》を聞いてきた。

なによりもすばらしいのは、笑《わら》い声《ごえ》だ。いつもあふれている笑い声！

けれどときどきは、ありがたくないできごとも起《お》きる。そんなときには、凛《りん》として胸《むね》を張《は》り、ふんばるしかないことも学んだ。

たとえば、切られたり、彫《ほ》られたり、的当《まとあ》てにされたり、水につかったり、刈《か》りこまれすぎたり、肥料漬《ひりょうづ》けにされたかと思えば、ほったらかされたり、稲妻《いなずま》が落《お》ちたり、みぞれに打《う》たれたり。

おのや、電動《でんどう》のこぎりや、病気《びょうき》や虫にやられたこともあった。

リスのするどいつめや、キツツキのしつこい攻撃《こうげき》にも耐《た》えた。猫《ねこ》がわたしにのぼり、犬がマーキングした。

木も人間とおなじく、うずきや痛《いた》みを感《かん》じる。去年《きょねん》はダニにやられて、どうにかなってしまいそうだった。葉《は》の水泡《すいほう》、すす病《びょう》、立《た》ち枯《が》れ病、葉焼《はや》け……あれもこれもやった。

けれども、ある一点で、木は人間より運《うん》がいい。成長《せいちょう》した木の場合、生きている細胞《さいぼう》は体全体《ぜんたい》の一パーセントだけ。ほとんどが生きていないのだ。そのため、木は人間にくらべ、いろいろな意味《いみ》で強い。

そう、わたしはたくさんのことを見てきた。もっと見るかもしれない。三百の年輪《ねんりん》をかさねるまで、ひょっとすると五百年輪《ねんりん》まで生きるかも。レッドオークは長生きだ。クロヤナギや、カキやリンゴやハナズオウといった、きゃしゃな仲間《なかま》とはくらべものにならない。

とはいえ。

サマールが涙《なみだ》ながらに願《ねが》いをかけた数日後、もう長生きしすぎたのかもしれない、と思うような事件《じけん》が起《お》きた。

11
章

一日のはじまり、わたしは暖《あたた》かくなるのを心待《こころま》ちにしていた。ひょろっとした体形の少年が、一時停止《いちじていし》の標識《ひょうしき》のあたりをうろうろしていた。

少年は、風に吹《ふ》かれた雑草《ざっそう》のようにうなだれている。右手には光るものを持《も》っていた。なにかの道具《どうぐ》かペンだろう。

自分で自分にジョークをいったみたいに笑《わら》っている。きっと、本人だけがわかるんだろう。人は一日じゅう、もの思いにふけったり、ひとり言をいったり、にやついたり、しかめっつらをしたりする。その子が特《とく》にめずらしいわけじゃない。

わたしはボンゴとおしゃべりしていて、「今日でまたひとつ年をとったね」と教えられたところだった。正確《せいかく》には、二百十六年輪《ねんりん》だ。

「もっと大きくなるぞ。まだまだ苗木《なえぎ》の気分だ。」

「たしかにレッドは、百五十年輪《ねんりん》以上《いじょう》には見えないよ。」ボンゴもうなずいた。「若々《わかわか》しいし、ご近所《きんじょ》でいちばんかっこいい。」

「とうとうてっぺんまで――」わたしは劇的効果《げきてきこうか》をねらって間をおいた。「――のぼりつめたぞ！」

ボンゴがいちばん下の枝《えだ》で、ため息《いき》をついた。カラスのため息は、聞きのがしようがない。偏屈《へんくつ》なじいさんのうなり声のようだ。

「ジョークだよ……。」オチがわからなかったのかと思って、説明《せつめい》しようとした。ボンゴにかぎってそんなはずはないのだけれど。「なぜなら、その……木は背《せ》が高いからさ。」

「レッド、まじでいってんの？」ボンゴは首をのばすと、青光りする美《うつく》しい自分のつばさをうっとり見つめた。「それが今朝《けさ》のいちばん？」

「自分の見た目ばかり気にしてるから、ジョークのおもしろさがわからないんじゃないか？」わたしはボンゴをからかった。

「コルウスにとっては、高さなんてどうでもいいの。ずるがしこさ。たくらみ。悪知《わるぢ》恵《え》。大切なのはそういうこと。」

コルウスとは、カラスのラテン名だ。「カラス」という平凡《へいぼん》な呼《よ》び方《かた》は自分に似合《にあ》わないと、ボンゴはいう。

そよ風がこずえをくすぐった。いたずら好《ず》きの春がからかっているのだ。もうすぐ暖《あたた》かい毎日がやってくる。

「本当は、背《せ》の高さなど重要《じゅうよう》ではない。太古《たいこ》の昔《むかし》に種《しゅ》が定《さだ》めたとおり、成長《せいちょう》するのみなのだ。」

わたしが語ると、ボンゴがそっとつついた。

「レッド、朝っぱらから、古《いにしえ》の賢者《けんじゃ》くさいことといわないで。だけど、背《せ》の高さなんて関係《かんけい》ないっていうのは、当たってる――。」そして、ボンゴは羽《は》ばたいたかと思うと、目にもとまらぬ早さで、わたしよりずっと背《せ》の高い電柱《でんちゅう》へ飛《と》んでいった。「飛べる者《もの》にとってはね！」

青い家のサマールと、緑《みどり》の家に住《す》んでいるスティーブンが、ほとんどおなじタイミングで玄関《げんかん》から出てきた。どちらもリュックサックを肩《かた》にかけ、どちらも一日がはじまるのを楽しみにしている。

ふたりの目が合った。スティーブンがあいさつすると――ほんのちょっとうなずいただけ――、サマールもうなずきかえした。これを、あいさつとはいえない。見た、というレベルだ。

スティーブンが小学校へかけていったあと、サマールは庭《にわ》に残《のこ》って、小さな声でためらいがちに、「こんちは」といった。

すると、待《ま》ちかまえていたボンゴが、サマールそっくりに「コンチワ」と返事《へんじ》した。

毎朝、お定《さだ》まりのあいさつだ。

ボンゴはほかにも、チューバのものまねがまあまあうまい。チワワのまねは感動的《かんどうてき》、パトカーのサイレンもなかなかのものだ。

サマールはボンゴを見あげて、にこっと笑《わら》うと、学校へむかった。

ボンゴもごきげんで、ひと声「カーッ！」と鳴いてから、登校《とうこう》する子どもたちを迎《むか》え

に小学校へ飛《と》んでいった。

毎朝のことだから、子どもたちはみんなボンゴを知っている。ボンゴは子どもたちにちょっかいを出すのが楽しく、子どもたちもそれを楽しんでいた。

ボンゴが得意《とくい》ないたずらは、くつひもをほどくこと。子どもが一生懸命《いっしょうけんめい》むすびなおしているあいだに、お弁当《べんとう》を入れた袋《ふくろ》から、おやつのポテトチップスをくすねるのだ。

ときには、ずうずうしく「チョーダイ」とおねだりもする。もらえないときには「ムリー」、うまくいくと「カワイー」とひと声。

飛《と》び去《さ》っていくボンゴを見送《みおく》りながら、わたしはあらためて自分のもつれた根《ね》っこのことを考えた。

空を飛《と》ぶのはどんな気分だろう。穴《あな》を掘《ほ》るのは？

泳《およ》ぐのは？　走るのは？

楽しいことは、うたがう余地《よち》がない。きっと至福《しふく》のよろこびだろう。とはいえ。わたしは自分のいちばん細い根《ね》っこの一本でさえ、そのよろこびと交換《こうかん》したいとは思わない。ありのままの自分を愛《あい》せるのは、すばらしい才能《さいのう》なのだ。

12章

さっき通りすぎていった、ひょろっとした少年が、くるりと向《む》きを変《か》えてこっちへもどってきた。うしろをちらちら気にしながら、わたしの根元《ねもと》をおおう茶色い芝生《しばふ》に足をふみ入れる。

その瞬間《しゅんかん》、空気が変《か》わった。人間の出す化学物質《かがくぶっしつ》なのか、体温《たいおん》なのか、存在《そんざい》そのものがかもしだすふんいきなのか、人が近づくと特有《とくゆう》のふるえが走る。

事件《じけん》はそのとき起《お》きた。

少年が、手にしたなにかで幹《みき》に彫《ほ》りつけたのだ。

すばやく。かつ用意周到《よういしゅうとう》に。

少年はもう一度《ど》、まわりを見まわした。通りをわたる老婦人《ろうふじん》が、こっちを見てにこにこしながら首を横《よこ》にふった。きっと、「かわいいこと。イニシャルとハートマークでも彫《ほ》ってるんでしょう。恋《こい》してるのね！」とでも考えているのだろう。

人間は、樹皮《じゅひ》が傷《きず》つけられても木は気にしないと思っているらしい。ハートマークがあれば特《とく》に。

念《ねん》のためいっておくと、それはまちがいだ。

これまで見かけたことがない少年だ。高校生くらいだろうか。人間の年はわかりにくい。木が相手《あいて》なら、何歳《なんさい》、何か月、ときには何日かまでいい当てることができるのだけれど。

なにを彫《ほ》っているのかはわからない。けれども、ためらわずに彫りつけて、だれかを傷《きず》つけようとしている。

傷《きず》つける相手《あいて》はわたしじゃない、となぜだかわかった。わたしはただのキャンバスだ。

とはいえ、彫《ほ》りつけられて楽しいわけはない。樹皮《じゅひ》は、外界《がいかい》から守《まも》ってくれる皮膚《ひふ》だ。傷《きず》があれば、病気《びょうき》や虫とたたかう力が弱くなる。

「やめろ！」とさけびたい。なにかいいたい。なんでもいいから。

けれど、それは木の流儀《りゅうぎ》ではない。わたしはもちろん、なにもいわなかった。

聞くこと、観察《かんさつ》すること、耐《た》えることが、わたしたちの流儀《りゅうぎ》だ。

少年は、すばやくことを終《お》えた。うしろにさがって作品《さくひん》に満足《まんぞく》すると、小さくうなずいて去《さ》っていった。遠ざかる少年がにぎりしめている道具《どうぐ》が見えた。

持《も》ち手《て》の黄色い、小さなスクリュードライバー。

小枝《こえだ》のように細く、マキバドリのように明るい色の。

13章

最初《さいしょ》に異変《いへん》に気がついたのは、ボンゴだった。

幹《みき》の根元《ねもと》に舞《ま》いおり、頭をかしげると、くちばしにくわえていたポテトチップスをぽとりと落《お》としてさけんだ。

「ほんのちょっと目をはなしたら、これよ！　なにが起《お》きたの？」

「どうやらだれかが、ハロウィンのカボチャとかんちがいしたらしいんだ。」ボンゴが笑《わら》わないので、わたしはつけくわえた。「なぜなら、その……彫《ほ》られちゃったからさ。」

「もう百万回いったと思うけど、いくら説明《せつめい》したって、つまんないジョークはつまんないの！」

ボンゴはいちばん下の大枝《おおえだ》にとまった。念入《ねんい》りに傷《きず》をしらべている。

「痛《いた》む？」

「きみがけがをしたときとはちがうよ。木は動物《どうぶつ》じゃないからね。」

「なんとかしなきゃ……。」

「できることはなんにもないよ。」

「こんなおっきな傷《きず》つけられたのに？　このまんまにはしとけないよ。あんた、古《いにしえ》の賢者《けんじゃ》なんでしょ。どうすればいいか、いって！」

「いいかいボンゴ、すべては時が癒《いや》すのだよ。」

ボンゴは、わたしが哲学《てつがく》モードになるのをいやがる。あきれた顔で目をくるりとまわした。（と、わたしには思えた。カラスの目は、朝露《あさつゆ》にぬれたブラックベリーのように黒く光っているから、わかりにくい。）

「樹皮《じゅひ》がだいなしになってないといいんだが。気に入っている側《がわ》だから。」

「だいなしじゃないよ。かざりがついたって感《かん》じ。人間のタトゥーみたいに。」

ボンゴは、くちばしでわたしをつついた。

「やったやつを教えて。仕返《しかえ》しするから。真夜中《まよなか》に窓《まど》のそばで絶叫《ぜっきょう》してやる！　急降下《きゅうこうか》攻撃《こうげき》して、髪《かみ》の毛をひっこぬいてやる！」ボンゴは興奮《こうふん》して羽《は》ばたいた。「ううん、そんなんじゃ足りない！　頭の上に落《お》とし物《もの》してやる。一年間、毎日落っことす！」

なにを落《お》とすつもりかは、たずねなかった。聞かなくても想像《そうぞう》はつく。

「だからね、ボンゴ、そんな必要《ひつよう》はないんだ。」

考えているときのくせで、ボンゴはそわそわ足ぶみしながらいった。

「そっか、願《ねが》いごとの日が近いから、これも願いごとなのかも？　願いのかけ方がまちがってるだけで。」

「また、あの日が来るのか……。」

思わず、いってしまった。ついこのあいだ終《お》わったばかりのように思えるのに、あれからもう一年たったのか。日々は川面《かわも》に落《お》ちる雨のしずくのよう、気づかぬうちにすぎ去《さ》っていく。

「また、よくばりどもがおしよせて、あれをよこせ、これをくれと、さわぎたてんのよ。」

「また、希望《きぼう》にあふれた人々がやってきて、よりよい世界《せかい》を願《ねが》うんだよ。」

わたしはボンゴの言葉《ことば》を訂正《ていせい》した。

たしかに願《ねが》いごとの日は、わたしにも、わたしの住人《じゅうにん》たちにとっても、大変《たいへん》な一日だ。毎年その日が来ると、住人《じゅうにん》の動物《どうぶつ》や鳥たちは、好奇心旺盛《こうきしんおうせい》な手や、絶《た》え間《ま》ないカメラのシャッターからのがれて、一日じゅう姿《すがた》を消《け》す。

とはいえ、たった一日のしんぼうだ。わたしはその歴史的意義《れきしてきいぎ》も、自分が果《は》たす役割《やくわり》も理解《りかい》していた。人間はあこがれに満《み》ちた生《い》き物《もの》なのだ。

そこへ、よちよち歩きの女の子の手を引いて歩道を歩いてきた母親が、わたしの幹《みき》を見て凍《こお》りついた。

「ママ、なんてかいてあるの？」ぬいぐるみの犬の、のびきったしっぽをにぎりしめて、女の子がきいた。

母親は答えない。

「ママ？」

ふたりは芝生《しばふ》の上を歩いて、わたしの近くまでやってきた。

「……『去《さ》レ』と書いてあるわ。」母親がようやく答えた。

「しゃれって、おしゃれのこと？」

母親は、傷《きず》あとを人さし指《ゆび》でそっとなぞった。

「そうね、そうかもしれない。」

それから二軒《けん》の家をながめて首を横《よこ》にふり、女の子の手をぎゅっとにぎりしめた。

「そうだといいわね……。」

14章

二軒《けん》の家。わたしの家。

一軒《けん》は青いかべ。もう一軒は緑《みどり》のかべ。

一軒《けん》は黒いドア。もう一軒は茶色いドア。

一軒《けん》は黄色い郵便《ゆうびん》受《う》け。もう一軒は赤い郵便受け。

わたしはもう一世紀以上《せいきいじょう》、この二軒《けん》を見つめている。おなじ大きさ、おなじ箱型《はこがた》、おなじ三角屋根《さんかくやね》で、ずんぐりしたレンガづくりの煙突《えんとつ》もおなじ。二軒《けん》は、ぎょうぎよくならんでいるきょうだいのようだ。

どこかの大工《だいく》がこの場所《ばしょ》に家を建《た》てようと思いつくずっと以前《いぜん》から、わたしはここ、わたしの世界《せかい》の中心に立っていた。根《ね》っこがのびて敷地《しきち》の境界《きょうかい》をこえようが、わたしにはかかわりない。根《ね》は手に負《お》えないしろものだ。わたしの根は、家の下にもぐって探検《たんけん》し、配管《はいかん》の周囲《しゅうい》をめぐり、家の土台をささえた。

枝《えだ》をのばすとき、わたしはどちらの家にも木陰《こかげ》ができるよう、気をつかう。葉《は》を落《お》とすのも半々。屋根《やね》に落《お》とすドングリの数もおなじだ。

えこひいきはしない。

長年にわたり、多くの家族《かぞく》が、この二軒《けん》を「自分の家」と呼《よ》んだ。赤んぼうも、十代《だい》の若者《わかもの》も、おじいちゃんもおばあちゃんも、ひいおじいちゃんやひいおばあちゃんもいた。[*1]話す言葉《ことば》は、中国語にスペイン語、ヨルバ語に英語《えいご》に、フランス語をベースにしたクレオール語。[*2]食べるものは、タマーレやパニプリ、飲茶《ヤムチャ》やフフやグリルドチーズサンドイッチ。

言葉《ことば》がちがえば食《た》べ物《もの》もちがい、文化もちがう。それがこの町――にぎやかで、複雑《ふくざつ》にからみあい、色とりどりな、最高《さいこう》の庭《にわ》そのものだ。

数か月前に、新しい家族《かぞく》が青い家を借《か》りた。遠い国から来たらしい。見慣《みな》れない習《しゅう》慣《かん》。新しいひびきの言葉《ことば》――サマールの家族《かぞく》だ。

活気《かっき》あふれる庭《にわ》に、またひとつ新しい植物《しょくぶつ》がふえただけ、なのだと思っていた。

ところが今度《こんど》は、なにかがちがった。町に不安《ふあん》な空気がただよった。緑《みどり》の家に住《す》むおとなたちは、新しい家族《かぞく》を歓迎《かんげい》しなかった。初《はじ》めのうちは、いちおう会釈《えしゃく》をしていたけれど、いつしかそれさえしなくなった。

異変《いへん》はほかにもあった。だれかが生卵《なまたまご》を青い家に投《な》げつけた。ある午後、荒々《あらあら》しい男たちを大勢《おおぜい》乗《の》せた車が、「イスラム教徒《きょうと》、出ていけ!」などと、どなりちらしながら通りすぎていった。学校帰りに、子どもたちがサマールのあとをつけて、いじめることも。

わたしは人間が大好《だいす》きだ。

とはいえ。

二百十六年輪《ねんりん》生きても、いまだに理解《りかい》しきれない。

わたしの町はこれまで、はるか遠くの国から来た家族《かぞく》をたくさん受《う》け入れてきた。今《こん》度《ど》は、なにがちがうというのだ? サマールの母親がスカーフをかぶっているから?

それとも、ほかのなにかだろうか?

おせっかいなわたしは、人々の動《うご》きを追《お》い、聞き耳を立て、観察《かんさつ》をつづけて、少しずつ事情《じじょう》がわかってきた。けれど口出しはしない。木は公平《こうへい》な観察者《かんさつしゃ》だ。無口《むくち》でたくましい。

もとより、なにができるだろう。枝《えだ》は風にゆれるのがせいぜいだ。幹《みき》は大地に根《ね》をおろしている。声はあっても、掟《おきて》でつかうことを禁《きん》じられている。

わたしのできることには限界《げんかい》がある。

けれど、わたしのがまんにも限界《げんかい》があった。

*1 ヨルバ語=西アフリカのナイジェリアなどに住《す》むヨルバ人の言語。クレオール語=異《こと》なる言語がまじりあってできた混成語《こんせいご》。世界各地《せかいかくち》にさまざまなクレオール語がある。
*2 タマーレ=トウモロコシでつくるメキシコの家庭料理《かていりょうり》。パニプリ=油《あぶら》で揚《あ》げたインドの軽食《けいしょく》。飲茶《ヤムチャ》=お茶と軽《かる》い食《た》べ物《もの》をとる中国の食事《しょくじ》。フフ=芋《いも》でつくるアフリカの伝統的《でんとうてき》な主食《しゅしょく》。

15章

願《ねが》いごとの樹《き》とうわさ話は、切っても切れない関係《かんけい》だ。わたしの幹《みき》に彫《ほ》りつけられた不愉快《ふゆかい》な言葉《ことば》のうわさは、すぐにひろまった。

近所《きんじょ》の人たちが現場《げんば》を見にやってきた。数人ずつあつまって、顔をしかめ、首を横《よこ》にふりながら、低《ひく》い声で話している。昼には警察《けいさつ》がやってきた。

公的機関《こうてききかん》の介入《かいにゅう》を受《う》けるのは、初《はじ》めてではない。

通りの向《む》かいの家に、二匹《ひき》の三毛猫《みけねこ》が住《す》んでいる。木登《きのぼ》りが大好《だいす》きで、わたしのいちばん上の枝《えだ》までのぼる。あいにく、おりるのはきらいだ。三毛猫《みけねこ》のルイスとクラークは、この二か月で消防《しょうぼう》に二回、警察《けいさつ》に三回、お世話《せわ》になった。

つい先週も子猫《こねこ》をたすけてくれた警官《けいかん》のサンディとマックスが、捜査《そうさ》のため、パトカーからおりてきた。眉間《みけん》にしわをよせている。犯人《はんにん》の手がかりがないかと芝生《しばふ》をしらべる。通りがかりの人に話を聞き、写真《しゃしん》をとる。

わたしは声をひそめた。

「ボンゴ……ここはほんものの犯行現場《はんこうげんば》になったらしいぞ。」

けれどもボンゴは笑《わら》わなかった。

警察《けいさつ》に通報《つうほう》したのは、青い家と緑《みどり》の家の大家《おおや》さんだ——法的《ほうてき》には、わたしの持《も》ち主《ぬし》でもある。やせて背《せ》が高く、ハトのような灰色《はいいろ》のショートヘアの老婦人《ろうふじん》、フランチェスカは、通りの向《む》かいにある家に住《す》んでいて、何代《なんだい》も前から二軒《けん》の持《も》ち主《ぬし》だ。

大胆不敵《だいたんふてき》に挑戦《ちょうせん》をつづける二匹《ひき》の子猫《こねこ》、ルイスとクラークの飼《か》い主《ぬし》でもある。

そのフランチェスカが、しかめっつらで通りをわたってきた。うでの中で、ルイスとクラークがもぞもぞ身《み》をくねらせている。

「まったく、あの木ときたら。昔《むかし》からやっかいごとばかりで……。」フランチェスカは、手帳《てちょう》になにやら書きつけているサンディにこぼした。

このご婦人《ふじん》に人情《にんじょう》を期待《きたい》するのは、むだというもの。そもそも、木より猫《ねこ》が好《す》きな御仁《ごじん》だ。

もちろん人の好《この》みはさまざまで、わたしはたまたま猫《ねこ》より木が好《す》きというだけだが。

「あら、町の人はみんな、願《ねが》いごとの樹《き》が大好《だいす》きですよ。」サンディはそういうと、わたしを上から下まであらためてながめた。「でも、あとかたづけはきっと大変《たいへん》ね。」

「毎年、願《ねが》いごとの日が終《お》わるたび、本気で切ろうと思うのよ。」

それは事実《じじつ》だ。けれど実行《じっこう》されることはない。フランチェスカとわたしは長いつきあいなのだ。

「最悪《さいあく》なのは、かたづけじゃないの。」フランチェスカはつづけた。「連中《れんちゅう》の願《ねが》いごととときたら！　どうしようもなくいかれてるんだから！　去年《きょねん》なんて、『チョコレートスパゲッティが食べたい』なんて書いたばかがいたわ。パンツに油性《ゆせい》マーカーで。おまけに、わざわざ高い枝《えだ》へほうりあげたのよ。」

「チョコレートスパゲッティ？　食べてみたいかも」とサンディがいった。

「みんな、どうかしてるって。」フランチェスカはわたしを見つめた。「ただの木なのにねえ。それをちやほや。」

「ただの木」とは、いくらなんでも失礼《しつれい》だ。けれども、腹《はら》を立ててげんなりしているフランチェスカの姿《すがた》を見て、悪《わる》く思わないことにした。

サンディは手帳《てちょう》をとじた。

「人は自分が信《しん》じたいことを信じるわ。木のことも――。」そして、彫《ほ》りつけられたばかりの言葉《ことば》に目をやった。「――人のことも。」

「これからどうなるの？」フランチェスカがたずねた。

「わかりません……この木の持《も》ち主《ぬし》はあなたで、新しく引《ひ》っ越《こ》してきた家族《かぞく》じゃないわ。そしてあなたは、ずっと前からここに住《す》んでる」とサンディが答えた。

フランチェスカはさびしそうに笑《わら》った。

「『去《さ》れ』といわれてるのは、あたしなのかもしれないね。」

ふたりは、マックスが幹《みき》の周囲《しゅうい》に鉄《てつ》の杭《くい》を立て、立入禁止《たちいりきんし》の黄色いテープを張《は》るのを見ていた。

「それはちがうと思うわ」とサンディがとりなした。

テープを張《は》り終《お》え、マックスがもどってきた。フランチェスカの抱《だ》いている子猫《こねこ》をなでると、二匹《ひき》はうでの中でゴロゴロのどを鳴らした。

「起訴《きそ》する段《だん》になると、この木の歴史《れきし》がちょっとやっかいですね。もうすぐ五月、大勢《おおぜい》の人が願《ねが》いごとやらなにやらを持《も》ってくる口が近い。このいたずらが伝統行事《でんとうぎょうじ》とかかわりないといいきるのは、むずかしいんじゃ……？」マックスはそこまでいって、肩《かた》をすくめた。「もちろん、容疑者《ようぎしゃ》が特定《とくてい》できてからの話ですけど。」

「願《ねが》いごとは、端布《はぎれ》か紙切れに書くときまってるの、幹《みき》に彫《ほ》りつけたりはしないよ。アイルランドでは、願《ねが》いを託《たく》す木を『ボロ布《ぬの》の木』と呼《よ》ぶらしい。今じゃ、枝《えだ》に紙の短冊《たんざく》をむすんで、くだらない願《ねが》いごとを書くやつらが多いけどね。」フランチェスカも肩《かた》をすくめた。「それに、『去《さ》レ』は願《ねが》いじゃない。おどしだよ。」

「たしかに」とマックスがうなずいた。

フランチェスカは、二軒《けん》の家へつづく歩道のほうにあごをしゃくった。ところどころ敷石《しきいし》がくだけてゆがんでいる。

「願《ねが》いごとの樹《き》だかなんだか知らないけど、この木が歩道をだめにしてるのはまちがいないよ。配管《はいかん》もやられてるの。根《ね》っこがどこまでものびてくから。」フランチェスカはそういって首を横《よこ》にふった。「ついに切りたおすときが来たのかもしれないね。そうなれば、もう落《お》ち葉《ば》をあつめる必要《ひつよう》もない。願《ねが》いごとの日のごみもなくなる。こんなふうに、だれかを傷《きず》つけることも……。」

子猫《こねこ》のルイスがフランチェスカのうでから飛《と》びおりて、幹《みき》へのぼろうとダッシュした。あぶないところでサンディがつかまえる。

「一日か二日で捜査《そうさ》が終《お》われば、われわれは消《き》えます。あとはどうなさろうと、ご自由《じゆう》に」とマックスがいった。

フランチェスカは、サンディからルイスを受《う》けとった。

「じつは何年も前に、父がこの木を切ろうとしたのに、母がゆるさなかったの。家族《かぞく》の伝統《でんとう》だとかなんとかいってね。ばかばかしい！」フランチェスカはため息《いき》をついた。「結局《けっきょく》は、あたし次第《しだい》ってわけか……。」

「なにかあったら、連絡《れんらく》してください。」サンディが声をかけた。

フランチェスカは子猫《こねこ》をきつく抱《だ》き、芝生《しばふ》を横切《よこぎ》りながらつぶやいた。

「『去《さ》レ』だって？　まったく、なんて世《よ》の中《なか》なの。なんて世の中になっちゃったんだろう……。」

LINE DO NOT CROSS POLICE LINE DO NOT CROSS
LINE DO NOT CROSS POLICE LINE DO NOT

16章

どんな木も、「切りたおす」という言葉《ことば》には敏感《びんかん》だ。

フランチェスカは何度《なんど》もそう口にしてきたけれど、これまでは冗談半分《じょうだんはんぶん》だった。十月の午後いっぱいかかって、落《お》ち葉《ば》を山のように掃《は》きあつめたときとか、願《ねが》いごとの日のあとがひどく散《ち》らかっていたときとか、はだしでドングリをふんづけたときとか。

歩道のことは、もうしわけないと思っている。いわば職業病《しょくぎょうびょう》。生きるためには広大な根《ね》っこのネットワークが必要《ひつよう》だ。そして根は、ときにおどろくべき強さを見せる。

「さっきの聞いた？」フランチェスカが家へ入るのを見はからって、ボンゴがたずねた。

「今度《こんど》は本気なんじゃない？」

「なに、いつものことだ。」わたしは答えた。

「こまったことに、チビチビにも聞こえちゃったみたいよ。」

ボンゴは住人《じゅうにん》の動物《どうぶつ》の赤んぼうたちを、いつもまとめて「チビチビ」と呼《よ》ぶ。赤んぼうなんて、さわがしくてうんざりだ、というふりをよそおっているけれど、わたしはだまされない。

「ほら、聞いて。」

ボンゴにいわれて耳をすませると、たしかに玄関《げんかん》ポーチの下のスカンクの巣《す》で、だれかが泣《な》いている。

「だってママ、ぼくたち、レッドが大好《だいす》きなのにー！」

「シーッ！」スカンクの母親、トーストがしかった。「まだ真昼《まひる》よ、あなたは寝《ね》てる時間でしょ。スカンクは薄明薄暮性《はくめいはくぼせい》なの。」

ホタルやコウモリやシカなどの薄明薄暮性動物《はくめいはくぼせいどうぶつ》は、たそがれどきや明け方に活動《かつどう》がさかんになる。

「ママ、レッドは大丈夫《だいじょうぶ》なの？」べつの赤んぼうがたずねた。バラノハナの声だ。

スカンクはみな、香《かお》りのよいものをえらんで名前をつける。においの評判《ひょうばん》が悪《わる》いから自己防衛《じこぼうえい》しようとしているのか、ユーモアのセンスなのかは謎《なぞ》だ。

「あたりまえでしょ。」母親のトーストが答えた。「レッドは不滅《ふめつ》よ。」

ボンゴがわたしを見た。

「ね？」

「やれやれ。この分だと、夜には全員《ぜんいん》に知れわたるな。フクロネズミ、アライグマ、メ

ンフクロウ……。ハロルドぼうやは、きっと大さわぎするだろう。」

メンフクロウのひなの中でいちばん小さなハロルドは、ひどい心配性《しんぱいしょう》だ。

メンフクロウの名前は、常識的《じょうしきてき》でごくふつうだ。

「みんなに話してくる。おちついて、心配《しんぱい》しないでって。」ボンゴがいった。

「きっとうまくいくさ。」わたしはいった。「これまでに、たくさんのことを見てきたよ。本が書けるくらいね。くよくよ悩《なや》みもしたけど、結局《けっきょく》なんにも起《お》きなかった！」

わたしは言葉《ことば》を切った。

「そうだ、本を書くだけじゃなくて、本になることもできるぞ。」もう一度《ど》、間をおいて。「なぜなら、その……紙は木でできてるからさ。」

ボンゴはカーカー笑《わら》った。おまけに、つまらないジョークをいうな、としかりもしない。

そのとき初《はじ》めて、わたしは自分の運命《うんめい》が心配《しんぱい》になった。

17章

赤んぼうたちの反応《はんのう》以上《いじょう》に、わたしはサマールが心配《しんぱい》だった。学校からもどって、幹《みき》に彫《ほ》りつけられた言葉《ことば》を見たら、どう思うだろう。フランチェスカや警察《けいさつ》のように、自分や家族《かぞく》にむけられた言葉《ことば》だと感《かん》じるだろうか？

サマールはひとりで下校してきた。数メートル前にスティーブンがいる。

地元の新聞社の記者《きしゃ》がひとり、通りがかる人にインタビューしていた。この町では、うわさはあっという間にひろがる。警察《けいさつ》の立入禁止《たちいりきんし》のテープなどあれば、なおさらだ。

事件《じけん》の現場《げんば》は、ごらんになりましたか？　記者《きしゃ》はたずねた。願《ねが》いごとの日に願いをかけたことはありますか？　「去《さ》レ」はなにを意味《いみ》していると思いますか？

記者《きしゃ》はスティーブンのところへもやってきた。地域《ちいき》の人に愛《あい》される願《ねが》いごとの樹《き》に、なぜ「去《さ》レ」と彫《ほ》ったのか、心当たりはありますか？

スティーブンは記者《きしゃ》をまじまじ見つめた。そして、うしろのサマールをちらっとふりかえり、すまなそうに一瞬《いっしゅん》ほほえむと、質問《しつもん》には答えず家へむかった。

スティーブンと記者《きしゃ》とわたしを交互《こうご》に見ていたサマールは、幹《みき》にかけより、言葉《ことば》を見て息《いき》をのんだ。手をのばすが、テープがあるのでとどかない。

「ここに住《す》んでいる方ですか？」記者《きしゃ》がたずねた。「事件《じけん》について、ひと言お願《ねが》いします。」

サマールはひと言もしゃべらなかった。わたしからはなれると、小さい青い家へつづく、たわんだ階段《かいだん》をのぼっていった。顔をあげ、凛《りん》として胸《むね》を張《は》り。

18章

夕方六時ごろ、サンディとマックスがパトカーでもどってきた。ふたりが緑《みどり》の家のドアをノックすると、スティーブンの両親《りょうしん》が出てきて質問《しつもん》に答えた。両親《りょうしん》は首を横《よこ》にふり、肩《かた》をすくめ、ドアをしめてカーテンを引いた。

次《つぎ》に、ふたりが青い家のドアをノックすると、サマールの両親《りょうしん》が出てきて質問《しつもん》に答えた。両親《りょうしん》は目をこすり、ため息《いき》をついた。そして、おなじようにドアをしめてカーテンを引いた。

パトカーにもどる途中《とちゅう》で、サンディがわたしの下で足をとめた。

「わたしたちも願《ねが》いごとをしたほうがいいかしら。これが最後《さいご》のチャンスになるかもしれないし。」

「ぼくは、こんな事件《じけん》の捜査《そうさ》をしなくてすむことを願《ねが》いますよ」とマックスがいった。

サンディはマックスの肩《かた》をたたいた。

「あんまり期待《きたい》しないでね。」

そのころわたしは、わたしを家と呼《よ》ぶ動物《どうぶつ》の親子を安心《あんしん》させようと、大わらわだった。もちろんみんな、自分たちがどこへ引《ひ》っ越《こ》せばいいか心配《しんぱい》しているだけじゃない。わたしのことを心配《しんぱい》しているのだ。

わたしだって心配《しんぱい》だ。愛《あい》する世界《せかい》とわかれたくはない。来年の春、生まれてくるフクロウのひなに会いたい。通りの向《む》かいにあるカエデの苗木《なえぎ》が夕陽色《ゆうひいろ》にそまるのを見て、ほめてやりたい。わたしの根《ね》っこは、まだまだ遠くまで行きたがっているし、枝《えだ》は空高くのびたがっている。

人生を愛《あい》する者《もの》なら、だれもがそう思うだろう。

けれども、終《お》わりのときが来ればそれまで。ただ受《う》け入れるだけだ。

これほどすばらしい一生をすごして、なんの不満《ふまん》があるものか。

とはいえ、赤んぼうたちのことは心配《しんぱい》だ。巣《す》をかけ、巣穴《すあな》を掘《ほ》り、冬にそなえるドングリをたくわえる新しい安全《あんぜん》な場所《ばしょ》を、大あわてでさがしている親たちのことも。

なにより心配《しんぱい》なのは、サマールだ。

なぜなんだろう。サマールを見ていると、大昔《おおむかし》に知っていた女の子を思い出すからかもしれない。わたしがかくまうことになった、小さな女の子。

フランチェスカのひいおばあちゃんだ。

そう、フランチェスカとの縁《えん》は、はるか昔《むかし》にさかのぼる。

19 章

真夜中《まよなか》をずいぶんすぎて、サマールが庭《にわ》へやってきた。青いガウンを羽織《はお》って。黒い巻《ま》き毛《げ》をうしろでゆるくむすび。目に月の光を宿《やど》して。

サマールは幹《みき》の根元《ねもと》に毛布《もうふ》をしいてすわった。彫《ほ》りつけられた言葉《ことば》も、月も、青い家や緑《みどり》の家も見ようとはしない。ただしずかにすわって待《ま》った。

時間がかかるのはいつものことだ。けれどみんな、かならずやってくる。

一匹《ぴき》、また一匹と、赤んぼうが勇気《ゆうき》を出して会いに来た。

最初《さいしょ》はハロルドぼうやが、つばさをぎこちなくパタパタさせておりてきた。アライグマの三きょうだい、コノコとソノコとアノコがあとにつづいた。(アライグマの母親の忘《わす》れっぽさは悪名《あくめい》高く、まともな名前はつけるだけむだ、というわけだ。)フクロネズミ。スカンク。これで全員集合《ぜんいんしゅうごう》だ。

サマールはぴくりとも動《うご》かずにすわっている。赤んぼうたちはサマールをかこむようにすわった。月明かりの中、みんなでわたしの葉音《はおと》に耳をかたむけている。

ボンゴはサマールの肩《かた》におちついた。サマールの声をまねして、「コンチワ」とあいさつする。

「こんちは。」サマールはその声をまたまねた。

するとボンゴがひと声鳴いて、サマールをおどろかせた。どんなに小さく鳴いても、カラスの声は荒々《あらあら》しい。ボンゴは小さな洞《うろ》へ飛《と》んでいき、頭をつっこんだ。尾羽《おばね》だけが見えている。そして、なにか光るものをくちばしにくわえ、サマールの前におり

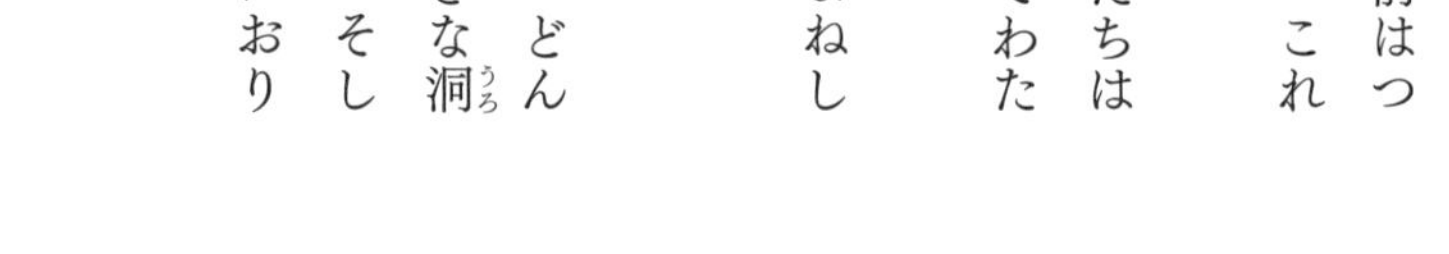

立った。ひらいた手のひらに、色あせた赤いリボンのついた小さな銀色《ぎんいろ》の鍵《かぎ》をそっとおいた。

「きれいね、ありがとう。」サマールがささやいた。

ボンゴは前かがみになり、つばさをひろげておじぎをした。カラス界《かい》における、最上級《さいじょうきゅう》の愛情表現《あいじょうひょうげん》だ。

その鍵《かぎ》には見覚《みおぼ》えがあった。ボンゴが母親から「受《う》けついだ」ものだ。カラスは群《む》れで暮《く》らし、情報《じょうほう》は世代《せだい》をこえて引きつがれる。わたしは、ボンゴが鍵《かぎ》をまだ持《も》っていたことにも、それをサマールにあげたことにも、おどろきはしなかった。

甘《あま》やかなしずけさの中で、愛《あい》するすべてのもの——月の光、空気、草、動物《どうぶつ》たち、大地、人々——にかこまれながら、あとどれくらいこのような瞬間《しゅんかん》を味《あじ》わうことができるのだろう、という考えがよぎって、胸《むね》がずきんと痛《いた》んだ。

同時に、自分は愛《あい》する世《よ》の中《なか》に十分恩返《おんがえ》しができたのだろう

か？　という思いが浮《う》かんだ。以前《いぜん》もおなじことを考えたことがあるが、死《し》のせまりくる今、あらためて考えなおしてみた。

たしかに、これまでたくさんの木陰《こかげ》をあたえてきた。人間が呼吸《こきゅう》できるよう、酸素《さんそ》も送《おく》り出した。すみかをあたえた動物《どうぶつ》や虫たちを数えあげれば、果《は》てしない。

わたしは仕事《しごと》を果《は》たした。木は、つまるところ、ただの木だ。ボンゴにいったとおり、「太古《たいこ》の昔《むかし》に種《しゅ》が定《さだ》めたとおり、成長《せいちょう》するのみ」。

とはいえ。

二百十六の年輪《ねんりん》をかさね。八百六十四の季節《きせつ》をすごし。それでもまだ足りないものがある。

思いかえすに、わたしの一生はあまりに平穏無事《へいおんぶじ》だった……。

緑《みどり》の家の二階《かい》のカーテンが動《うご》いた。うしろに、スティーブンの姿《すがた》が見えかくれする。こっちを見ている。

スティーブンの考えていることは知っていた。長年、聞き手でいると、世《よ》の中《なか》の大方《おおかた》のしくみが自然《しぜん》とわかる。

スティーブンの目、今日の午後サマールを見た目には、あるものが浮《う》かんでいた。これまで何度《なんど》も見てきたもの。

願《ねが》いだ。

20 章

サマールが家へ帰ると、わたしはそわそわおちつかなくなった。

木におちつきがないということは、ありえない。

わたしたちが動《うご》くのは細胞単位《さいぼうたんい》、ほんの少しずつだ。そろそろと根《ね》をのばし、陽《ひ》をあびるため、つぼみを少しずつ動《うご》かす。べつの場所《ばしょ》へ移植《いしょく》される場合は例外《れいがい》として。

レッドオークの辞書《じしょ》に「そわそわする」という文字はないのだ。

くりかえしになるが、木の流儀《りゅうぎ》は聞くこと、観察《かんさつ》すること、耐《た》えること。

とはいえ。この世《よ》にさよならを告《つ》げることになった今、観察者《かんさつしゃ》であることをやめたらどんな気分だろう？　物語《ものがたり》を演《えん》じる側《がわ》になるのは、どうなるだろう、と初《はじ》めて考えた。

そして世界《せかい》を、ほんの少しだけ、よくすることができるとしたら？

「ボンゴ、起《お》きてるかい？」わたしはそっと呼《よ》びかけた。

「……たった今起《お》こされた。」ボンゴが文句《もんく》をいう。

「質問《しつもん》があるんだ。」

「朝いちばんで聞いたげるから……。」

「友だちというのは、どうすればなれるのかな？」

答えのかわりに、いびきが聞こえた。でも、にせいびきだ。ほんものはひどい大音量《だいおんりょう》で、フクロネズミの赤んぼうをふるえあがらせる。

「まじめに聞いてるんだ。」

ボンゴはうめいた。

「わかんないよ。自然《しぜん》になかよくなるんじゃない？」

「どうしたら、自然《しぜん》とそうなるんだろう？」

「ともだちは　きょうつうてんを　もってるわ」とボンゴが答えた。「答えは五七五！

これで満足《まんぞく》でしょ。それじゃ朝にね。」

わたしはボンゴの答えを考えてみた。

「友だちは共通点《きょうつうてん》を持《も》っている――そういわれてみると、わたしとボンゴの共通点って、なんだろう？」

「ありがと！　おかげで完全《かんぜん》に目が覚《さ》めた。いったいなんだっていうの？」

ボンゴは大きなため息《いき》をついて、地面《じめん》におりた。

「ふと思いついたんだ。」

「思いついた？　ろくなことじゃないね。特《とく》に、だれかさんがおせっかいモードのときは。レッド、だれのことかわかる？」

「さっきの質問《しつもん》だけど、わたしたちはどうして友だちなんだろう？」

「はいはい、わかったから。少し考えさせて。」

ボンゴは考えながら、幹《みき》のまわりをゆっくりと歩いた。

鳥の動《うご》きを見るのは大好《だいす》きだ。木とはまったくちがうから。わたしたちは風にそよぐ。その動《うご》きは優雅《ゆうが》でゆったりしている。一方、鳥は、ぴくぴくとせわしない。顔の向《む》きを変《か》えるのも、ニュースにおどろいたかのように唐突《とうとつ》だ。

ボンゴは歩くのをやめた。

「そもそも、レッドはあたしの家。あたしは、レッドに住《す》んでるの。」

「でもそれだけじゃ、友だちになる理由《りゆう》にはならないよ。これまでだって、特《とく》に好《す》きとはいえない住人《じゅうにん》もいたしね。」

「あのリスでしょ？　名前なんだっけ？　リスッチ？　あの息《いき》がくさいやつ。」

「だれだろうと関係《かんけい》ないよ。」

「やっぱりリスッチでしょ。」

「ボンゴ、頼《たの》むから話をずらさないでおくれ。」

ボンゴはわたしをじっと見あげた。

「レッド、あたしたちは友だちだから友だちなの。それじゃいけない？」その声は小さくやさしく、するどく核心《かくしん》をつくいつもの調子《ちょうし》とはちがった。

「そのとおりだよ。だけど、ふたりの人間がなかよくなるには？　どうすればいいかな。」

「そうね……ふたりをくっつけて、なにかさせるとか。いっしょにおしゃべりしたり、笑《わら》ったりすれば、あーら不思議《ふしぎ》、友だちのできあがり。どう？」

「うーむ。」

「レッドの『うーむ』はきらい。ろくでもないことを思いつきそうだから。」

「ボンゴ、もう寝《ね》ていいよ。つきあってくれてありがとう。きみはいい友だちだ。」

「そっちもね。」ボンゴはそういうと、巣《す》へもどった。「いっとくけど、明日はたっぷり朝寝坊《あさねぼう》させてもらうから。」

「ボンゴ？」

「今度《こんど》はなに⁉」

「もうひとつだけ。人間は、どうして残酷《ざんこく》になるんだろう。」

「動物《どうぶつ》だって、完全《かんぜん》に天使《てんし》ってわけじゃないでしょ。きのうの夜、アグネスがトカゲをまるのみしてた。」

いちばん上の洞《うろ》に住《す》んでいるメンフクロウの母親のアグネスが、いらいらと羽《は》ばたきをした。

「うるさい、わたしだって食べなきゃならないのよ。だいたい、カラスにいわれる筋合《すじあ》いはないわ。なんだって食べるくせに。」

ボンゴはつづけた。

「あたしがいいたいのは、世界《せかい》はきびしい場所《ばしょ》だってこと。ウサギにとってもトカゲにとっても、人間の子どもにとってもね。」

いいおえると、ボンゴはいびきをかきはじめた——今度《こんど》はほんものだ。けれどわたしは、まだ目がさえていた。

「ママ、あのこわい音なあに?」フクロネズミの赤んぼうが、おどろいてたずねた。

「ボンゴが寝《ね》てるだけですよ。」母親が答えた。

ボンゴのいったとおり。わたしの中で、ある思いつきが形になろうとしていた。

楽天家のうえにおせっかい、とボンゴはいつもわたしをしかる。

楽天的出《らくてんてき》しゃばり……。まあ、最低《さいてい》とまではいわないけれど。

木は無口《むくち》でたくましい。

例外《れいがい》をのぞけば。

21章

「ボンゴ、頼《たの》みがあるんだ。」

朝まだ早く、最後《さいご》の星が、つかれたホタルのように輝《かがや》きを失《うしな》おうとしていた。

「……ひきうけたら、ポテトチップスもらえる？」ボンゴはもごもごいった。

「いいや。」

「……だったら寝《ね》てる。」

「サマールのためだ。」

「朝寝坊《あさねぼう》していいって約束《やくそく》したのに……。」

「約束《やくそく》してはいない。」

「……ずるいよ。」

「サマールの願《ねが》いをかなえてやりたいんだ。」

このひと言は効果《こうか》てきめん。ボンゴは、ホームベースと呼《よ》んでいるお気に入りの枝《えだ》までパタパタおりてきた。（ボンゴは小学校でソフトボールを見るのが好《す》きだ。）

「あのね、レッド、あんたは願《ねが》いごとをかなえるわけじゃない。ただの受《う》けつけ場《ば》所《しょ》。いわば……葉《は》っぱのついたごみ箱《ばこ》よ。いい意味《いみ》のね。」

「二百十六の年輪《ねんりん》ができるあいだ、わたしはここに根《ね》を張《は》りつづけ、人間たちの願《ねが》いごとを聞いてきた。あくまで想像《そうぞう》にすぎないが、願《ねが》いがかなうことはけっして多くはなかったのでは。」

ボンゴは羽《は》づくろいをしながらいった。

「かなわないほうがいい、ってこともあるわ。ブルドーザーをほしがった幼稚園《ようちえん》の子を覚《おぼ》えてる？」

「わたしは観察者《かんさつしゃ》だ。ただ、ここにすわって世界《せかい》を見ているだけさ。」

「レッドは木でしょ。それが仕事《しごと》なの。」

「だけど、サマールのは、いい願《ねが》いごとなんだ。わたしも力に――」といいかけて、わたしはいいなおした。「いや、わたしたちなら力になれる。」

「そんなことだろうと思った。」ボンゴはすべるように地面《じめん》におりた。「わかった、その願《ねが》いなら、あたしも聞いたわ。いったい全体《ぜんたい》、どうやって友だちをつくるつもり？」

「そのうちわかるさ。」本当は自信《じしん》などないけれど、いかにもありそうにいってみた。

「レッド……。」

ボンゴは地面《じめん》の上を、ゆっくり行ったり来たりしている。ひと足ごとに、頭がぴょこんとおじぎする。

「今は、もっとさしせまった問題《もんだい》があるでしょ。フランチェスカは、あんたを爪楊枝《つまようじ》にしようとしてるのよ。あんたの住人《じゅうにん》たちだって、そうなったらどうしよう、どこへ引《ひ》っ越《こ》そうと大さわぎ。」ボンゴは近くまで来て、わたしをやさしくつついた。「もちろんみんな、レッドのことも心配《しんぱい》してる。」

「わかってるよ。」

スカンクの母親、トーストが、玄関《げんかん》のポーチの下から頭をのぞかせた。太陽《たいよう》がまだのぼりきっていないので、はっきり見えるのは顔の白いたてじまだけだ。

「ひと家族《かぞく》だけなら、しばらく受《う》け入れてもいいっていって、みんなにいったの。できればフクロネズミがいいわ。アライグマのコノコたちより、おぎょうぎがいいから。」

「トースト、親切に――」とわたしがいいかけたところへ、アライグマ三きょうだいの母親、オッキイコが大きな洞《うろ》の家から口をはさんだ。

「失礼《しつれい》な！　うちのコノコもソノコもアノコも、とってもおぎょうぎいいよ！」

スカンクのトーストがいう。

「お宅《たく》のお子さんは……好奇心《こうきしん》が旺盛《おうせい》すぎるの。いつも、つっこんではいけないところに鼻《はな》をつっこみ、小さな手でなんでもひっくる。」

「少なくとも、うちの子はにおわないよ！」オッキイコが声を張《は》りあげた。

フクロネズミの母親のタランチュラが、警戒《けいかい》して自分の洞《うろ》からのぞいている。

フクロネズミは、自分がおそれているものを名前にする。

「においの基準《きじゅん》は人それぞれですわ。」タランチュラがいった。「わたしとしては、トーストさんのお子さんのにおいは好《この》みです。ただあいにく、二軒《けん》先のたきぎの山にうつることが決《き》まってまして。もちろん、大好《だいす》きなレッドにもしものことがあったら、の話ですけど。」

フクロネズミはそういって、わたしをやさしくたたいた。

「悪《わる》く思わないでくださいね。ただ、万一の場合にそなえてるだけですから。」

「もちろんさ」と、わたしはうけあった。

「あの山は、あたしが先に見つけたんだ！」オッキイコがさけんだ。

「スカンクさんのお宅《たく》へいらっしゃいな。」タランチュラがいいかえす。

「死《し》んでも行くか！『好奇心旺盛《こうきしんおうせい》』な子は歓迎《かんげい》しないっていわれたんだよ。」

「たしかに、少々にぎやかすぎるかもしれませんわね。」

「そりゃ、うちの子は元気さ。自分の影《かげ》をこわがって気を失《うしな》う、あんたんちの子とはちがってね！」

「お言葉《ことば》を返《かえ》すようですが、死《し》んだふりごっこは、環境適応能力《かんきょうてきおうのうりょく》の促進《そくしん》に効果的《こうかてき》ですのよ。」タランチュラは、ピンク色の鼻《はな》をひくつかせて反論《はんろん》した。「世界《せかい》は危険《きけん》に満《み》ちていますもの。それに自分ではどうしようもない。なるようにしかならないのですから。」

「お話中、失礼《しつれい》。」いちばん上の枝《えだ》から冷静《れいせい》な声がひびいた。メンフクロウのアグネスだ。「二ブロック先に、ハイイロリスの家族《かぞく》が引《ひ》っ越《こ》して空《あ》き家《や》になった、形のよいシナノキがあるわよ。うちも候補先《こうほさき》に考えたけど、雄猫《おすねこ》がいて。首輪《くびわ》も鈴《すず》もない、となると問題《もんだい》だわ。おまけに、よだれだらけの大きな犬もいる。」

「公平《こうへい》な立場でいわせてもらうけど、犬はどれも、よだれだらけよ。」ボンゴが横《よこ》からいった。

「みんな、おちついてくれないか。」わたしも口をはさんだ。「なんにも起《お》きていないのに、心配《しんぱい》するのはやめよう。友よ、まずは一日一日を、ただありのままに生きる。明日のことなど何人《なんぴと》も知る由《よし》はないのだから。」

母親たちは、そろってわたしをにらんだ。大きなため息《いき》も聞こえる。

「古《いにしえ》の賢者《けんじゃ》くさかったかな?」

「古《いにしえ》の賢者《けんじゃ》は、もうたくさんだってさ!」

ボンゴの言葉《ことば》どおり、みんなは、むっとして家へ帰っていった。

「みんな、少しぴりぴりしてんのよ。」ボンゴがいった。「レッドのことや、これからのことが心配《しんぱい》で。」

「それはわかる。」

「……あたしだって心配《しんぱい》してるんだからね。」ボンゴは消《き》え入りそうな声でいった。

「知ってるさ。」わたしはやさしくいった。「しかし、いかなる状況《じょうきょう》においても、希望《きぼう》の――。」

「レッド!」ボンゴがさえぎった。

「すまない。」

「あたしにも、なにかできることがあるはずよ。」

「きみはよき友だ。でもときには、凛《りん》として胸《むね》を張《は》るしか――。」

「すまない……。」わたしはもう一度《ど》あやまった。

「レッドがいなくなったら、どうなっちゃうの？」ボンゴがやさしくいった。

「きっと大丈夫《だいじょうぶ》だ、約束《やくそく》するよ。」

ふたりともしばらくのあいだ、だまっていた。

ようやくボンゴが身《み》ぶるいし、羽《は》ばたきをした。

「とにかく、今は人の願《ねが》いなんか、かなえてる場合じゃない、というのがあたしの意見《いけん》。」

「今しかない、というのがわたしの意見《いけん》だ。」

ボンゴは、偏屈《へんくつ》じいさんのようにうなった。

わたしが引きさがりそうもない、とあきらめたのだ。

こうして、わたしとボンゴは作戦《さくせん》を練《ね》りはじめた。

「レッド!!」

22
章

作戦《さくせん》Ⅰの実行《じっこう》は一時間半後、ターゲットは、学校へむかうスティーブンだ。

スティーブンが歩道にさしかかると、ボンゴがリュックサックめがけて急降下《きゅうこうか》。ファスナーをくちばしでつつき、大声でさわぎたてた。

その気になると、カラスはとてつもなく大きな声を出す。

スティーブンは悲鳴《ひめい》をあげて、リュックサックを落《お》とした。

「なんだよ？　おいカラス、いったいどうした？」

ボンゴはリュックサックの上にとまると、期待《きたい》をこめて見つめた。

「チョーダイ。」

スティーブンは目をまるくした。

「まじで？」

「コンチワ。チョーダイ。」

スティーブンは腰《こし》に手をあてた。

「わかった。おまえ、バス停《てい》でいたずらしてたやつだな。」

スティーブンがリュックサックのファスナーをあけると、ボンゴは地面《じめん》に飛《と》びおりた。「カワイー」とおせじをいう。

スティーブンは、お弁当《べんとう》の入っている紙袋《かみぶくろ》をあけた。

「えーっと。ツナサンドと、ニンジンのスティックと――。」

ところがボンゴはそのすきに、リュックサックの中に頭をつっこみ、紙切れをくわえて飛《と》び去《さ》った。

「こら！　それ国語の宿題《しゅくだい》だぞ！」スティーブンがさけんだ。

「返《かえ》せ、どろぼう！」

高々と舞《ま》いあがったボンゴは、かちどきをあげて枝《えだ》にとまった。

スティーブンは立入禁止《たちいりきんし》の黄色いテープを張《は》った幹《みき》の下にしのびより、歩きまわった。

「頼《たの》むよ、カラス。サンドイッチ全部《ぜんぶ》やるから」と、こまりきっている。

ボンゴは宿題《しゅくだい》を足でおさえてくちばしを自由《じゆう》にすると、「ムリー」と答えた。

スティーブンはしばらくねばった末《すえ》に、あきらめた。

「最悪《さいあく》……。」ぶつぶつ文句《もんく》をいいながら、リュックサックを手にとる。「カラスに宿題《しゅくだい》を食べられましたなんていっても、先生は信《しん》じてくれないぞ。」

23章

サマールが家を出たところで、作戦続行《さくせんぞっこう》だ。

いつものようにサマールが足をとめて、「こんちは」とあいさつ、ボンゴもいつものように「コンチワ」と返事《へんじ》をする。

ところが、今日のボンゴはサマールの肩《かた》にとまっておどろかせ、さらにくしゃくしゃの紙をおしつけた。

サマールは紙を受《う》けとった。

「スティーブンのだわ。どうしてあなたが持《も》ってるの?」

「ムリー。」ボンゴは返事《へんじ》のつもりでいった。

「わかった、ちゃんととどけるね。」サマールがいった。

ボンゴは小さく鳴いて、枝《えだ》にもどった。

かんぺきだ。単純《たんじゅん》な作戦《さくせん》だが、みごと成功《せいこう》。

サマールがスティーブンに宿題《しゅくだい》をわたす。大きなオークの木に住《す》む、いかれたカラスの話で盛《も》りあがる。ふたりはいっしょに笑《わら》う。そしてこれをきっかけに、共通《きょうつう》の話題《わだい》がたくさんあることに気づく。

というわけで、友情《ゆうじょう》のはじまりはじまり……。

すばらしい作戦《さくせん》だ。

ところが数秒後《すうびょうご》、予想外《よそうがい》の展開《てんかい》が。

スティーブンの友だちがあらわれたのだ。

サマールは気づいて、その子にかけよると、宿題《しゅくだい》の紙をスティーブンにわたしてと頼《たの》んだ。

作戦終了《さくせんしゅうりょう》。

「人の世話《せわ》をやくのは、思ったよりむずかしいものだな。」わたしは正直《しょうじき》な気持《きも》ちをボンゴに告白《こくはく》した。

「あたし、いわれたことはちゃんとやったわよ。」

「きみはすばらしかった。だけど、またべつの作戦《さくせん》を考えないと。もう時間がないんだ。」

「レッド、頼《たの》むから思い出させないで……。」ボンゴがため息《いき》をついた。

24章

その日の午後、わたしたちは作戦《さくせん》Ⅱを実行《じっこう》した。

「うまくいくわけないよ。」芝生《しばふ》の上を行ったり来たり、きどって歩きながらボンゴがいう。

「悲観的《ひかんてき》だな」とわたしがいうと、「そっちが楽天的《らくてんてき》なの！」といいかえす。

じつをいうと、わたしにも確信《かくしん》はなかった。

今度《こんど》の作戦《さくせん》には、赤んぼうの協力《きょうりょく》が必要《ひつよう》だ。

協力者《きょうりょくしゃ》をだれにするかでは、かなりもめた。フランチェスカがわたしを切りたおすとおどして以来《いらい》、隣人《りんじん》たちはいさかいばかりだ。これまで奇跡的《きせきてき》になかよくやってきたのに、突然《とつぜん》、敵同士《かたきどうし》のようになるのは、なんともつらい。

たしかに深刻《しんこく》な問題《もんだい》ではある。けれど、切りたおされる本人が冷静《れいせい》なのに、なぜみんなは、残《のこ》された日々をともになごやかにすごすことができないのだろう。

ボンゴが宝物《たからもの》の一セント硬貨《こうか》を投《な》げ、〝表《おもて》が出るか裏《うら》が出るか〟で、フクロネズミの赤んぼうの中でいちばん小さなフラッシュが手伝《てつだ》うことが、ようやく決《き》まった。

フクロネズミは自分がおそれているものを名前にする。フラッシュがこわいのは、カメラや懐中電灯《かいちゅうでんとう》の光だ。

「確認《かくにん》だけど、あんたはフラッシ――」といいかけたボンゴを、母親のタランチュラが「シーッ！」ととめた。

「この子の前で、その言葉《ことば》をいわないでくださいな。」

「だったら、なんて呼《よ》ぶの？」メンフクロウの母親のアグネスがたずねた。

「『フラ』なら平気《へいき》ですわ」とタランチュラが説明《せつめい》した。

「了解《りょうかい》。フラ、やることはわかってるね？　死《し》んだふりするんだよ。得意《とくい》でしょ？」

フラは、はりきってうなずいた。

「フクロネズミは世界一《せかいいち》、死《し》んだふりがじょうずなんだよ。」

「そう、あんたが死《し》んだふりをしている、学校から帰ってきたサマールとスティーブンがそれを見つける――。」

「ふたりともおなじ時間に帰ってくるといいけれど。」わたしが話にわりこんだ。

「――すると、ふたりは大さわぎ。」ボンゴはかまわずつづけた。「死《し》んでるみたいな、小さなかわいい赤んぼうを見て、どうしようと相談《そうだん》し――。」

「うちのぼうやは、本当に安全《あんぜん》なんでしょうか？」タランチュラがたずねた。「想像《そうぞう》するだけで気が遠くなりそうですわ。」

「みんなが見守《みまも》っているよ。それに、スティーブンとサマールはかしこい子だ。病気《びょうき》の動物《どうぶつ》をさわってはいけない、とわかっているさ。」わたしは母親を安心《あんしん》させようとした。

ボンゴがつづけた。

「そう、ふたりは親を呼《よ》びに行き、野生動物救助《やせいどうぶつきゅうじょ》センターか獣医《じゅうい》に電話する、人間たちがバタバタしているあいだに、小さなフラッシ――じゃなかった、フラはいそいでおうちに帰る。そこへもどってきたサマールとスティーブンは、フクロネズミが消《き》えたと知って大笑《おおわら》い、もしかすると親たちも話しはじめて――。」

「それなら、うちのコノコのほうがうまくやれるよ。生まれながらの役者《やくしゃ》なんだ。ソノコかアノコでもいいけど。」アライグマのオッキイコが文句《もんく》をいった。

「みんなで決《き》めたんだからしかたないでしょ。」ボンゴはきっぱりといった。「硬貨《こうか》を投《な》げたの、忘《わす》れた？」

「いってみただけだよ。」オッキイコがぶつぶついった。

通りの先で、学校の終業《しゅうぎょう》のベルが鳴った。

「みんな、位置《いち》について！」ボンゴがせかす。

「今度《こんど》は絶対《ぜったい》にうまくいくぞ！」

「今度《こんど》も絶対《ぜったい》うまくいかない！」

わたしとボンゴが同時にいった。

25
章

「作戦開始《さくせんかいし》！」ボンゴがささやいた。

小さいフクロネズミのフラが、よちよち芝生《しばふ》の真《ま》ん中《なか》へ歩いていく。そして横向《よこむ》きにたおれると、体をまるめた。目をとじ、口を引きつらせて、針《はり》のようにするどい小さな歯《は》をむきだしにする。

「かんぺきだ。」ボンゴがいった。

「口から泡《あわ》を出してごらんなさい。」母親のタランチュラが呼《よ》びかけた。

向《む》こうからスティーブンが近づいてきた。運《うん》のいいことに、サマールもすぐうしろを歩いている。

　フラがぴょんとはね起《お》きた。

「ママ、ぼくじょうず？」

「ええ、とってもじょうずだわ。ママはぼうやを誇《ほこ》りに思いますよ！」とタランチュラ。

「死《し》んだふり！」ボンゴがどなった。

「そうだった！　忘《わす》れてたよ、ボンゴおばさん」とフラが肩《かた》をすくめた。

「あたしはあんたのおばさんじゃない。そもそもフクロネズミじゃないんだから。」

「まあ、そこはいいとしようじゃないか。」わたしがたしなめた。

「**死《し》んだふり!!**」ボンゴがもう一度《ど》どなった。

フラはしゃっくりをした。

「おやおや、あの子、緊張《きんちょう》するとしゃっくりするんですのよ。」タランチュラがいう。

「ねえママ、どうしてわたしは死《し》んだふりできないの？」スカンクのバラノハナがすねた。

「**チビチビ、しずかに！**」ボンゴが命令《めいれい》した。「**フラ、しゃっくりするな！**」

「来たぞ！」わたしは声をひそめた。「スティーブンとサマールだ！」

フラのしゃっくりはどんどん大きくなる。

「**フラッシュ！　がんばれ！**」ボンゴがいった。

「名前を呼《よ》ばないで！」タランチュラが悲鳴《ひめい》をあげた。

フラッシュは凍《こお》りついた。しゃっくりがとまり、口から泡《あわ》を出している。半びらきの目もうつろだ。

「うまくいった！」ボンゴがささやいた。「最高《さいこう》！」

最初《さいしょ》にフラを見つけたのはスティーブンだ。サマールはすぐうしろにいる。

「どうしよう？」スティーブンがサマールにたずねた。

成功《せいこう》だ！　ふたりが言葉《ことば》をかわしている。

「さわらないほうがいいわ。」サマールが答えた。「狂犬病《きょうけんびょう》かもしれないから。ひょっとすると、死《し》んだふりしてるだけかもしれないけど。フクロネズミがそうするって、本で読んだことがある。」

「ぼく、お母さんを呼《よ》んでくる。くわしい人に電話してくれるかも。」

「いいと思うわ」とサマール。

わたしの期待《きたい》に反《はん》して、スティーブンとサマールはうなずきあうと、それぞれの家へ入っていった。

また作戦終了《さくせんしゅうりょう》だ。

これほど努力《どりょく》したのに、ほんの数秒《すうびょう》話しただけとは。いったい全体《ぜんたい》、人間はどうやって友だちになるのだ？　どれほど大変《たいへん》なことなのだろう。

それでも、スティーブンとサマールが直接言葉《ちょくせつことば》をかわしたにはちがいない、とわたしは自分をなぐさめた。最初《さいしょ》の一歩としては悪《わる》くないはずだ。

「フラ？」ボンゴが呼《よ》んだ。「もう、おうちへ帰る時間だよ。人間がもどってくる前に。」

フラはまるまったまま、ぴくりとも動《うご》かない。

「フラ？」わたしも呼《よ》んだ。

「フラ？　ぼうや？」母親のタランチュラがさけんだ。

「おやまあ、こりゃ演技《えんぎ》じゃないよ。」アライグマのオッキイコがいった。

「わたしのぼうや！　かわいいフラちゃん！」タランチュラは悲鳴《ひめい》をあげ、フラのきょうだいも声をあげて泣《な》きだした。

「だから、うちのコノコをつかえばよかったのさ」とオッキイコ。

「**フラ！　死《し》んだふりはもうおしまい！**」ボンゴがどなって、フラのところまではねていくと、くちばしでそっとつついた。

「わたしのぼうやをつっつかないでちょうだい！　フラ！　ママがたすけに行きますからね！」

タランチュラは洞《うろ》から出ると、大いそぎで幹《みき》をおり、その場で気絶《きぜつ》した。

「なんてこった！」ボンゴがいった。「すばらしい。この親にしてこの子あり。さあ、どうする？　古《いにしえ》の賢者《けんじゃ》。」

「コノコ、フラをつれてきておくれ。」わたしはみんなに指図《さしず》した。「トーストとオッキイコはタランチュラをたすけて。ポーチの下のトーストの家まで、ふたりを引っぱっていくんだ。」

「タランチュラは、うちの子のことを『にぎやかすぎる』っていったんだよ！」とオッキイコが文句《もんく》をいう。

「オッキイコは、うちの子がくさいっていったわ！」とトーストも文句《もんく》をいう。

二世紀以上《せいきいじょう》生きて、大声などほとんど出したことのないわたしだけれど、今そのときが来たようだ。

「早く！」

わたしが命令《めいれい》した瞬間《しゅんかん》、スティーブンの家のドアがあいた。

いやはや、本気を出したアライグマとスカンクのすばしこさときたら、さすがのわたしもおどろいた。

26章

スティーブンと母親は、姿《すがた》を消《け》したフクロネズミの赤んぼうをさがしたが、見つからないままあきらめた。サマールはリビングの窓《まど》からそのようすを見守《みまも》っていたけれど、外へ出ようとはしなかった。

一時間後、フクロネズミのタランチュラとフラッシュ親子はスカンクの家で目を覚《さ》まし、よろめきながら自分たちの巣《す》へ帰っていった。

今度《こんど》の作戦《さくせん》も失敗《しっぱい》だ。

「大丈夫《だいじょうぶ》だよ」とわたしはボンゴをはげました。「三度《ど》目《め》の正直《しょうじき》っていうだろう。もうひとつ作戦《さくせん》がある。」

「なにさ、くだらない……！」

ボンゴはせせら笑《わら》って、つばさをバタバタさせた。

「そんなことより、自分がピクニックテーブルにされない作戦《さくせん》でも考えたらどうなの？」

「……気がすんだかい？」

「……ごめんね。レッドのことが心配《しんぱい》で。あたしって、心配ごとがあるときげんが悪《わる》くなるの。」ボンゴは生えたての草をくちばしで引きぬいて、わきへほうった。

「ボンゴ、世《よ》の中はなにもかも思いどおりにいくわけじゃない。」

わたしはしずかに話しかけた。

「いったとしても、それはそれでおもしろくないだろ？　でも、この小さな願《ねが》いは——サマールの願《ねが》いだけは、かなえてやれる。」わたしは少し口をつぐんだ。「少なくとも、わたしはそう信《しん》じてるよ。」

「どうしてそんなに一生懸命《いっしょうけんめい》なのか、わかんない。」

「サマールを見ると、大昔《おおむかし》に知っていた小さな女の子を思い出すんだ。」

「まったく、おせっかいなんだから。」ボンゴは、うんざり、というふうにいった。「そんなレッドが好《す》きなんだから、しかたないけどね。」

そういってわたしを見たボンゴは、ほほえんでいた——くちばしを少しあけ、頭をかしげ、目をきらきらさせて。

「で、作戦《さくせん》Ⅲは？」

27
章

夜になると、わたしはボンゴを次《つぎ》の任務《にんむ》へ送《おく》り出した。

「枝《えだ》にむすんだサマールの願《ねが》いをほどいておくれ。」

「へー、たったそれだけ？」

ボンゴは、サマールがピンクに水玉もようの端布《はぎれ》をむすびつけた低《ひく》い枝《えだ》へ飛《と》んでいった。布《ぬの》をくちばしにくわえて、何度《なんど》か引っぱる。

「思ったよりむずかしそう……。」

「道具《どうぐ》をつかってみてはどうだい？」

カラスは道具《どうぐ》をつくったり、つかったりする名人だ。おそらく、このあたりに住《す》む鳥の仲間《なかま》では、いちばんかしこい一族《いちぞく》だろう。

「そうねえ……。」ボンゴはしばらく考えていた。「宝物《たからもの》の中にクリップがあったはず。ためしてみる。」

「うまくいくわけないわ。」メンフクロウのアグネスが巣《す》の中から予言《よげん》した。

どうやら、カラスをやっかんでいるらしい。

いつの間にか、洞《うろ》の住人《じゅうにん》たちも、ポーチの下のスカンクも顔をのぞかせて、ボンゴの仕事《しごと》ぶりを見守《みまも》っていた。

「ねえママ、ボンゴなにしてんの？」アライグマのソノコがたずねた。

「道具《どうぐ》をつかうんだって。たいしたことじゃないさ。」母親のオッキイコが答えた。

「みんな、たすけになることがいえないのなら、だまっていてくれないか。頼《たの》むから。」わたしがいった。

ボンゴは、少しゆがんだ針金《はりがね》を持《も》ってもどってきた。

「まっすぐのばしたペーパークリップよ。学校の運動場《うんどうじょう》で見つけたの。」

苦労《くろう》の甲斐《かい》あって、クリップをむすび目に通すところまではうまくいった。けれど、どんなにがんばっても、むすび目はほどけない。

「あと……少し……。」ボンゴはくちばしに満身《まんしん》の力をこめる。

「ボンゴは、なんであんなことしてるの？」メンフクロウのハロルドぼうやが、母親のアグネスにたずねた。

「カラスのやることなんて、説明《せつめい》できないわ」というのが、アグネスの答えだ。

そこでわたしが、ハロルドぼうやに説明《せつめい》した。

「わたしが頼《たの》んだんだよ。だいじなことなんだ。」

ボンゴはうめき声をあげて、クリップが地面《じめん》に落《お》ちた。

「レッド、これ以上《いじょう》はむり……。」

「人をたすけるなんて、もうあきらめたほうがいいのかもしれないな。」わたしはため息《いき》をついた。「そもそも、わたしはそんな柄《がら》じゃない。ここにいるのが仕事《しごと》なんだから。こうしてじっとすわってるのがね……。」

そよ風に葉《は》がさざめいた。だれもしゃべろうとしない。

「ちょっと待《ま》ちな。」オッキイコが声をあげた。「ひょっとしたら、あたしの前足でなんとかできるかも。」

「あの枝《えだ》にのぼるには、だいぶ体重《たいじゅう》オーバーなのでは？」アグネスが指摘《してき》した。

「やってみておくれ。」わたしが頼《たの》んだ。

オッキイコは、サマールの願《ねが》いごとがむすんである枝《えだ》まで、用心しながら少しずつすすんでいった。

枝《えだ》は大きくしなったが、なんとか持《も》ちこたえた。オッキイコは両方《りょうほう》の前足をつかってむすび目をいじっていたけれど、そのうち、みごとにほどいてみせた。

「ジャジャーン！」右の前足で端布《はぎれ》をつかむと、歓声《かんせい》をあげた。

「ふん、むずかしいとこをやったのは、あたしなのに……。」ボンゴがすねている。

「共同作業《きょうどうさぎょう》だよ。チームワークだ。ふたりとも本当にありがとう！」わたしは感謝《かんしゃ》した。

「これで願《ねが》いごとは手に入ったわ。レッド、次《つぎ》の作戦《さくせん》は？」アグネスがたずねた。

「今はサマールが来るのを待《ま》とう。そしたら、ボンゴが魔法《まほう》をかける。」

28
章

わたしたちは青白い月の光をあびながら、いつものようにサマールが来るのを待《ま》っていた。

サマールは、ガウンを羽織《はお》り、スリッパをはいてあらわれた。そして、わたしの根元《ねもと》に毛布《もうふ》をしいてすわると、赤んぼうたちがはいだしてくるのを根気《こんき》よく待《ま》った。首には、ボンゴからもらった赤いリボンの鍵《かぎ》をかけている。

「わたしのカラスさんはどこ？」

でんぐり返《がえ》しをしながらあらわれたアライグマのコノコたちに、小声でたずねた。サマールは枝《えだ》を見あげて、ボンゴをさがしている。屋根《やね》のかげにかくれることにしておいてよかった。

打《う》ち合《あ》わせどおり、ボンゴはスティーブンの部屋《へや》の窓《まど》へ飛《と》んだ。窓枠《まどわく》にとまる。くちばしからは、サマールの願《ねが》いごとを書いた端布《はぎれ》がぶらさがっている。

コツンと小さくスティーブンの窓《まど》をたたく。

返事《へんじ》はない。

ボンゴには、なるべくしずかにといってある。サマールに計画を知られないように。

コツコツコツ。今度《こんど》は、少し大きく。

まだ反応《はんのう》はない。

どうやら、スティーブンはぐっすりねむっているらしい。

ボンゴがこっちを見た。目が「どうすんの？」といっている。

もう一度《ど》やってみる。**コツ**、**コツ**、**コツ**。

サマールが音を聞きつけた。

「なんの音かしら?」

けれどもそのとき、ハロルドぼうやがサマールのうでにとまろうとして、注意《ちゅうい》がそれた。不器用《ぶきよう》にはねるような飛《と》び方《かた》に、サマールはくすくす笑《わら》う。

でかしたぞ、ハロルド! わたしは声に出さずにいった。

ボンゴは、サマールの願《ねが》いごとを窓枠《まどわく》の上においた。

コツン、コツン、コツン。

反応《はんのう》はない。

しばらく窓《まど》の前で行ったり来たりしていたボンゴが、立ちどまった。

月の光を受《う》けて、目が輝《かがや》いている。

次《つぎ》の瞬間《しゅんかん》、ボンゴは窓《まど》ガラスに頭をよせて、史上最高《しじょうさいこう》の消防車《しょうぼうしゃ》のサイレンを鳴らした。

窓《まど》が大きくあいたとき、ボンゴはすでに屋根《やね》にもどって、なりゆきを見守《みまも》っていた。

スティーブンはなにごとかと、窓《まど》から外をのぞいた。目をこすっている。

窓枠《まどわく》に端布《はぎれ》があるのに気がついた。不思議《ふしぎ》そうにひろいあげ、布《ぬの》に書かれた文字を読もうと月の光にかざした。

芝生《しばふ》を見おろす。
そこには動物《どうぶつ》の赤んぼうにかこまれたサマールが、スティーブンを見あげていた。
「カワイー！」とボンゴが鳴いた。

29章

赤いパジャマにグレーのトレーナーを着《き》たスティーブンが、玄関《げんかん》のドアからそっと出てきた。明るい茶色の髪《かみ》は寝《ね》ぐせがひどく、目をしょぼしょぼさせている。手にした懐《かい》中電灯《ちゅうでんとう》の光が闇《やみ》を切りさく。

赤んぼうたちはその光に凍《こお》りついた。目が小さな月のように光っている。

フクロネズミのフラッシュは、恐怖《きょうふ》におののいて悲鳴《ひめい》をあげ、しゃっくりしはじめた。

スティーブンが懐中電灯《かいちゅうでんとう》のスイッチを切ると、少しおちついたけれど、しゃっくりはまだとまらない。

「……オッス」とスティーブンがささやいた。

「こんちは……」とサマールもささやいた。

スティーブンがサマールのとなりに腰《こし》をおろす。赤んぼうたちは興味津々《きょうみしんしん》だ。

「動物《どうぶつ》たち、どうしてここへ？」

「わからないわ。」

「魔法《まほう》でもつかったの？」

「そんなんじゃない。」サマールは首を横《よこ》にふった。「わたしはただ……しずかにしてるだけ。だからじゃないかな。」

ボンゴが飛《と》んできて、サマールの肩《かた》にとまった。

「コンチワ。」サマールの声をまねして、スティーブンにあいさつする。

「すごい！　びっくりだ。」

「カラスさん、きのうは呼《よ》び鈴《りん》のまねしてた。」

スティーブンはにやっとした。

「この鍵《かぎ》もくれたの。」サマールは鍵を見せた。「なんの鍵かはわからないけど。日記帳《にっきちょう》か宝石箱《ほうせきばこ》か――。」

「世界一《せかいいち》小さいドアか。」スティーブンが笑《わら》った。

しばらくのあいだ、だれも口をひらかなかった。アライグマの三きょうだいさえ、しずまりかえっている。

ずいぶんたってから、スティーブンが手をひらいて、サマールに願《ねが》いごとの書かれた端布《はぎれ》を見せた。

「これ、見つけたんだ。」

月明かりでも、サマールが真《ま》っ赤《か》になるのがわかった。端布《はぎれ》から目をそらす。

「あの言葉《ことば》のこと、ごめんな。」スティーブンはしずかにいった。「木に彫《ほ》られた言葉。でも、うちは……ぼくたちはやってない。」

サマールはうなずいた。

「うちの親は悪《わる》い人間じゃない。ただ……こわがってるんだ。」スティーブンが肩《かた》をすくめた。

「うちの親もそう。父さんは引《ひ》っ越《こ》そうかと話してた。安全《あんぜん》な場所《ばしょ》が見つかったらって。」サマールは悲《かな》しそうにほほえんだ。「そんなところがほんとにあるなら、だけど。」

「……ごめん。」スティーブンがもう一度《ど》いった。

スティーブンが安心《あんしん》だとわかったらしく、赤んぼうたちはいつものように取《と》っ組《く》み合《あ》いをしたり、ふざけたりしはじめた。ハロルドぼうやと、アライグマ三きょうだいの末《すえ》っ子《こ》のアノコは、虫捕《むしと》りに夢中《むちゅう》だ。スカンクのバラノハナは、お兄ちゃんのポップコーンと、長い草で綱引《つなひ》きをしている。

「この子たちと会えなくなるのはさびしいな……」とサマールがいった。

「引《ひ》っ越《こ》さないですめばいいのに。」スティーブンがいった。

スティーブンの家で明かりがまたたいた。

「もう帰んなきゃ。親に見つかったら……行くね。」

「おやすみ。」サマールがささやいた。

ああ、このふたりにいってやりたい！

友だちになるのは、けっしてむずかしいことじゃない、と。世《よ》の中《なか》がちょっとまちがっているせいで、なかなかすんなりいかないだけなんだ、と。

もっとおしゃべりしていて、と。

わたしは少しだけ、ほんの少しでいいから、世《よ》の中《なか》を変《か》えたいと思った——愛《あい》すべきこの世《よ》を去《さ》る前に。

そしてついに、その思いを実行《じっこう》した。

掟《おきて》をやぶったのだ。

「行かないで。」わたしはふたりに語りかけた。

30 章

動物《どうぶつ》たちはおどろきのあまり、ぼうぜんとなった。「人間と話してはならない」という掟《おきて》は、赤んぼうでさえ知っている。

ボンゴがあわてて高い枝《えだ》に飛《と》んでくると、声をおしころした。

「レッド！　だめだよ……。」

「いいや、だめなものか。失《うしな》うものなど、なにもない。」

「だけど――。」

「さっきいいかけたことだが……。」わたしは話をつづけようとした。

スティーブンとサマールは口をあんぐりあけ、目を大きく見ひらき、今日の午後のフラとおなじくらいかたまって、こっちを見ている。

「これ、夢《ゆめ》だよな……。」スティーブンがもごもごいった。「だろ？」

「ふたり同時に？　そんなのって、ありえる？」とサマールがきいた。

「つねって……」とスティーブン。

サマールはいわれたとおりにした。

「……ふつうに痛《いた》いよ」とスティーブン。

「つねったのも夢《ゆめ》の中だからかも？」サマールがフォローする。

「お話し中、失礼《しつれい》だが――。」わたしは、ふたりにわりこんだ。「わたしには、きみたちに伝《つた》えたい二百十六年輪分《ねんりんぶん》の物語《ものがたり》がある。けれど、残《のこ》された時間は少ないのだよ。」

スティーブンがサマールの手をとった。

「夢《ゆめ》だとしても、すごいや！」

そこでわたしは語りはじめた。

31章

わたしは、初《はじ》めから願《ねが》いごとの樹《き》だったわけではない。

そうなったのは一八四八年、ここがコンクリートや車にかこまれるずっと前で、わたしはまだほんの数十年輪《ねんりん》の若輩者《じゃくはいもの》――レッドオークの世界《せかい》では――だった。もう、ひょろひょろした苗木《なえぎ》ではなく、がんじょうでがっしりした若木《わかぎ》になってはいたが、今ほどどっしり大地に根《ね》をおろしてはいなかった。

そのころ――昔《むかし》から何度《なんど》もくりかえされてきたことだが、おなかをすかせた大勢《おおぜい》の貧《まず》しい人々が、満員《まんいん》の舟《ふね》に乗《の》ってこの国へやってきた。そしてその多くが、いつものように、この近所《きんじょ》にたどりついた。青い家と緑《みどり》の家のかべの色は、どちらもまだ茶色で、新《しん》参者《ざんもの》であふれかえっていた。

新しくやってきた者《もの》は、歓迎《かんげい》されることもあれば、されないこともある。それでも全《ぜん》員《いん》が、希望《きぼう》に満《み》ちあふれてやってくることには変《か》わりなかった。

新しい住人《じゅうにん》の中に、メイブという十六歳《さい》のアイルランド人の少女がいた。十九歳の兄とともに大西洋《たいせいよう》をわたってきたのだが、兄は赤痢《せきり》にかかって亡《な》くなった。母親はメイブが生まれて間もなく、父親も七年前に亡《な》くなっていた。

メイブはがっしりした体つきで、顔立ちは地味《じみ》だが、その笑顔《えがお》は雲の合間《あいま》からこぼれる太陽《たいよう》のように明るく、おなかの底《そこ》から笑《わら》う。そして髪《かみ》は、秋に盛装《せいそう》したわたしに負《ま》けないくらい真《ま》っ赤《か》だった。

身寄《みよ》りもお金もないメイブは、小さな部屋《へや》で五人の移民《いみん》たちといっしょに暮《く》らしていた。掃除《そうじ》でも料理《りょうり》でも、生きるためにはどんな仕事《しごと》もいとわずに、朝から晩《ばん》まではたらいた。

そうこうするうち、メイブには病人《びょうにん》を世話《せわ》する才能《さいのう》があることがわかった。特別《とくべつ》な知《ち》識《しき》があるわけではない。秘密《ひみつ》の治療薬《ちりょうやく》もない。けれどもメイブは、熱《ねつ》がある人のおでこをつめたい布《ぬの》で冷《ひ》やすという、だれもが知っていることを、親切にしんぼうづよくやる。そして自分の知らないことは、すすんで教わろうとした。

メイブの評判《ひょうばん》は、しだいにひろまった。人々は、病気《びょうき》の子ブタや足の不自由《ふじゆう》な馬、せきのひどい子どもや、むずかる赤んぼうをつれて訪《たず》ねてくるようになった。メイブは、自分が役《やく》に立てるかどうかわからないというのだが、貧《まず》しくて医者《いしゃ》へ行けない者《もの》たちはメイブに頼《たよ》った。

メイブも、自分を信《しん》じてやってくる人々の期待《きたい》にこたえたいと努力《どりょく》した。うまく治《なお》ったとき、そして治らなかったときにも、患者《かんじゃ》とその家族《かぞく》はささやかなお礼《れい》の品《しな》を持《も》ってきた。木彫《きぼ》りの鳥や、ヘアピンや、パン半斤《はんぎん》。小さな銀色《ぎんいろ》の鍵《かぎ》のついた革《かわ》表紙《びょうし》の日記帳《にっきちょう》をくれた人もいた。

メイブが看病《かんびょう》のために出かけているときには、人々は感謝《かんしゃ》のしるしをわたしの洞《うろ》に残《のこ》すようになった。それは半年ほど前に幹《みき》の下のほうにできたばかりの、まだ生々《なまなま》しい傷《きず》あとだったが、通り側《がわ》ではなくメイブの住《す》む家のほうをむいていたので、安心《あんしん》して入れておくことができたのだ。
こうしてわたしは、木の洞《うろ》が鳥や動物《どうぶつ》だけでなく、人間の役《やく》にも立つと知った。
けれども、どれほどの役《やく》に立つかは、知る由《よし》もなかった。

32章

歳月《さいげつ》がすぎ、メイブはわたし同様《どうよう》、地域《ちいき》にしっかり根《ね》づいていった。そのあいだにも、ほかの国々から新しい人たちがやってきて、わたしたちが住《す》む世界《せかい》のかたすみに、新しい音楽や食《た》べ物《もの》や言葉《ことば》をもたらしたが、メイブは相手《あいて》がどこの出身《しゅっしん》であろうと、誠《せい》心誠意《しんせいい》つくした。

わたしは成長《せいちょう》をつづけて、枝《えだ》はいっそうかたくなり、影《かげ》はいっそう長くなった。まわりに木や茂《しげ》みがふえたが、日当たりは十分で、水にこまることもなかった。

そのころには、わたしもたくさんの家族《かぞく》を住《す》まわせるようになっていた。なかでも多いのはネズミとシマリスだった。特《とく》に親しかったのは、リスールという名前の若《わか》いハイイロリスだ。

リスールは、よく食《た》べ残《のこ》しをくれるメイブが大好《だいす》きだった。

わたしとリスールは、メイブの行《ゆ》く末《すえ》をひそかに案《あん》じていた。これまで求婚者《きゅうこんしゃ》のひとりやふたりがいなかったわけではないが、結婚《けっこん》にはいたらなかった。

大勢《おおぜい》の友だちにかこまれ、朝から晩《ばん》まで仕事《しごと》で大いそがし。

けれど、メイブはさびしそうだった。ポーチの階段《かいだん》に腰《こし》かけているときに、幸《しあわ》せそうな家族《かぞく》が通りすぎるのを見て、涙《なみだ》をこらえきれないこともある。夜になると、あけはなった二階《かい》の窓《まど》から外をながめるメイブの、ナゲキバトにも負《ま》けないほど悲《かな》しげなため息《いき》が、そよ風に乗《の》ってわたしとリスールのもとへとどくのだった。
メイブは、よくわたしの根元《ねもと》にすわって日記をつけていた。ときには、声に出して読んでくれることもあった。霧《きり》の中に見えかくれする、ふるさとアイルランドの田舎《いなか》の風《ふう》景《けい》。今は亡《な》き家族《かぞく》。そして心に秘《ひ》めた、希望《きぼう》やおそれやあこがれを。メイブには、あふ

れ出る愛情《あいじょう》をささげる相手《あいて》がいなかったのだ。

メイブは、世界《せかい》が霧《きり》につつまれ、太陽《たいよう》が姿《すがた》をあらわす前の早朝のひとときが、こよなく好《す》きだった。わたしの幹《みき》にもたれて目をとじては、鼻歌《はなうた》で子どものころのなつかしいメロディをうたったものだ。

ある年の五月一日の明け方、メイブがわたしのところへやってきた。いつもとちがって、いちばん低《ひく》い枝《えだ》に手をのばすと、青いしまもようの端布《はぎれ》をとりだして、そっとむすびつけた。

「心から愛《あい》する人がほしい……。」メイブはそっとささやいた。

それは、わたしにとどけられた初《はじ》めての願《ねが》いごとだった。

そして、たくさんの願《ねが》いごとが、それにつづくことになる。

33章

数週間がすぎ、枝《えだ》にむすんだ端布《はぎれ》にはさまざまな意見《いけん》がよせられた。

近所《きんじょ》に住《す》むアイルランド人たちは、わけ知り顔でうなずくと、ほほえんだ。メイブもうなずき、陽気にいった。

「わたしの願《ねが》いごとの樹《き》なの。サンザシじゃなくてもかまわないでしょ。」

けれども、アイルランド以外《いがい》の国から来た大勢《おおぜい》の人々は、端布《はぎれ》に顔をしかめ、なかには枝《えだ》からはずそうとする者《もの》さえいた。そんなとき、メイブは「お願《ねが》い、願いごとにさわらないで」と注意《ちゅうい》して、何度《なんど》もくりかえししんぼうづよく、自分の故郷《こきょう》では願《ねが》いごとの樹《き》に願《ねが》いをかけることが昔《むかし》からの伝統《でんとう》なのだと説明《せつめい》した。

なにを願《ねが》ったのか、とたずねる人もいた。するとメイブはため息《いき》をつき、苦笑《にがわら》いして告白《こくはく》するのだった。

「つまらないことよ。心から愛《あい》する人がほしいって。ただそれだけ。」

それを聞いて笑《わら》う人もいた。あきれ顔をする人もいた。

「端布《はぎれ》に願《ねが》ったって、愛《あい》は見つかりっこないさ。」

けれどほとんどの人は、やさしくほほえむか、はげますようにメイブの手をにぎるか、うなずいてくれた。

そして、自分も願《ねが》いごとを木にむすんでいいかい、とたずねるのだった。

34章

こうして一年がすぎ、また五月が近づくころ、わたしの枝《えだ》にはいつの間にか、芽生《めば》えた若葉《わかば》の数より多くの布《ぬの》がむすばれていた。

リスールが、高い枝《えだ》の股《また》に葉《は》と小枝《こえだ》でこしらえた巣《す》にしくため、布《ぬの》の切れはしを失敬《しっけい》しようとした。けれどもわたしは、五月一日までは、苔《こけ》と松葉《まつば》でがまんしてくれと説得《せっとく》した。

五月一日までは、願《ねが》いごとにふれるべからず。その日がすぎれば、雨にも風にも負《ま》けない端布《はぎれ》は、人——または野心家《やしんか》のリス——がはずしてもよい、とメイブはいっていた。

これはおそらく、わたしのためにつくったきまりだ。雨にぬれた重《おも》い布《ぬの》から解放《かいほう》し、のびのび成長《せいちょう》させるために。

五月一日の夜明け前、若《わか》い女性《じょせい》がわたしに近づいてきた。波打《なみう》つ黒髪《くろかみ》の女性は、みすぼらしい灰色《はいいろ》のコートを着《き》て、大きなつつみを抱《だ》いていた。

「おいレッド、また願《ねが》いごとだぞ。」リスールがささやいた。

けれども、リスールの予想《よそう》ははずれた。女性《じょせい》は願《ねが》いごとをしに来たのではなかった。すばやく、でも細心の注意《ちゅうい》をはらい、女性《じょせい》は洞《うろ》につつみをおいた。

わかった、メイブへのお礼《れい》だ。たぶんパンだ。患者《かんじゃ》のひとりなのだろう。

その人は来たときとおなじように、あっという間に立ち去《さ》った。ここにいたかと思うと、次《つぎ》の瞬間《しゅんかん》もういない。

まるでハチドリだ、とわたしは思った。

または一陣《いちじん》の風。

35章

数分後、メイブが小さい茶色い家のドアをあけた。わたしにおはようと笑《わら》いかけ、早朝のそよ風にゆれる端布《はぎれ》を見て、もう一度《ど》にっこり。

そのとき突然《とつぜん》、泣《な》き声《ごえ》がした。泣きさけぶ、というほうが近い。

しかも、声はわたしの中から聞こえてくる……。

ミソサザイのひなのおとなしい鳴き声じゃない。子ネズミのえんりょがちな声ともちがう。もっともな理由《りゆう》があって、全身全霊《ぜんしんぜんれい》でおこっている。

それは人間の赤んぼうの声だった。

36
章

赤んぼうをくるんでいた毛布《もうふ》には、短い手紙がついていた。
ためらいながら読みあげようとして、メイブは「イタリア語だわ」とつぶやいた。
患者《かんじゃ》のひとりに教わり、ようやく手紙の意味《いみ》がわかった。

どうかわたしのかわりに、この子を育《そだ》ててください。
あなたとこの子が愛《あい》に満《み》ちた人生を送《おく》るよう、祈《いの》っています。

赤んぼうの髪《かみ》は黒。メイブの髪は赤。
赤んぼうの目は茶色。メイブの目は青。
赤んぼうはイタリア人。メイブはアイルランド人。
けれど、ふたりの相性《あいしょう》は最高《さいこう》だった。
メイブは赤んぼうをアマドラと名づけた。イタリア語で「愛《あい》の贈《おく》り物《もの》」という意味《いみ》だ。

37章

未婚《みこん》のアイルランド人女性《じょせい》がイタリア人の捨《す》て子《ご》を育《そだ》てるのを、こころよく思わない人は多かった。うわさ話は絶《た》え間《ま》なく流《なが》れ、ときに舌打《したう》ちされることもある。怒《いか》りをあらわにする人もいた。心ないことをいう人も。

アマドラはよそ者《もの》だ。

赤んぼうをつれて、この町を去《さ》れ。

メイブはただほほえんで、アマドラを胸《むね》に抱《だ》き、希望《きぼう》をすてずにひたすら待《ま》った。

希望《きぼう》を見失《みうしな》いそうな暗《くら》い夜には、古いアイルランドの歌と、近所《きんじょ》の人から教わったばかりのイタリアの歌を、まぜこぜにしてうたった。やさしいメロディ。おかしな歌詞《かし》。

メイブがうたうたび、小さいアマが笑《わら》う。

メイブの願《ねが》ったとおり、しんぼう強く待《ま》っていると、人々はしだいにやさしくなっていった。

いつしかアマも――みんな、アマドラをこう呼《よ》んでいた――、活気《かっき》あふれる庭《にわ》のような、この町の一員《いちいん》となっていた。

少し大きくなると、アマはリスールと家族《かぞく》にえさをやった。

体がしっかりしてくると、わたしにのぼった。

年ごろになると、願《ねが》いごとをした。

アマはすくすく育《そだ》ち、母親ゆずりの正直《しょうじき》で親切な女性《じょせい》となった。

そして子どもをさずかり、孫《まご》が生まれて、ひ孫も生まれた。

アマと夫《おっと》は、自分たちが住《す》んでいた小さな茶色い家と、すぐとなりの家を買いとって、青と緑《みどり》のペンキをぬった。

さらに年月がすぎ、今度《こんど》は通りの向《む》かい側《がわ》にある家を買い、青と緑《みどり》の家はべつの家族《かぞく》に貸《か》した。

家族《かぞく》はどんどんふえて、家は栄《さか》え、けんかと失敗《しっぱい》と愛《あい》と笑《わら》いにあふれていた。

笑《わら》いがあれば、いつも、どんなときでも大丈夫《だいじょうぶ》。

アマの孫息子《まごむすこ》に小さな女の子が生まれ、かわいいイタリア語のファーストネームと、かわいいアイルランド語のミドルネームがつけられた——フランチェスカ・メイブだ。

38
章

わたしの評判《ひょうばん》も高まった。メイブの願《ねが》いは、願いごとの樹《き》の中でかなったじゃないか。こうなると、不可能《ふかのう》はないのかもしれないぞ。

もちろん、わたしがなにかをしたわけではない。

リスールがよく思い出させてくれた。

「レッド、これはおとぎ話じゃないんだからね」と。

けれど、いつの世《よ》も人間はあこがれに満《み》ち、十年がたち、二十年がたち、時がうつっても、願《ねが》いごとが絶《た》えることはなかった。

数えきれない年月、数えきれない願《ねが》い――わたしにとっては、よろこびであると同時に重荷《おもに》でもある。

それでも、人々は希望《きぼう》を必要《ひつよう》としている。

39
章

わたしはようやく、話すのをやめた。

ひとたび口にすると、言葉《ことば》は風のようで、とめようにもとまらない。

世界《せかい》じゅうが息《いき》を殺《ころ》しているような沈黙《ちんもく》が、あとにつづいた。

わたしは掟《おきて》をやぶった。

スティーブンとサマールは、あいかわらず口をあんぐりとあけたまま、わたしを見ている。わたしとおなじように、根《ね》っこが生えたようだ。話を聞いているあいだ、どちらもひと言も話さなかった。

スティーブンの家の玄関《げんかん》のドアがあいた。

「スティーブン？」父親が呼《よ》んだ。「おまえ、いったいなにしてるんだ？」

スティーブンはとびあがるように立ちあがった。

「えっと……今行くよ、父さん。それじゃ、おやすみ、サマール。」

「おやすみ、スティーブン。」

ポーチにむかってかけだしたスティーブンは、途中《とちゅう》で立ちどまった。ふりかえって、わたしのほうを見る。


「ありがと……？」

なんとも自信《じしん》のない声！　ボンゴがパンケーキを焼《や》いてくれたとしても、きっとこんなふうにお礼《れい》をいうだろう。

スティーブンは家に入り、ドアがバタンとしまった。

サマールも毛布《もうふ》を胸《むね》に抱《だ》いて、立ちあ

がった。

「わかってる、これは夢《ゆめ》……。」

自分の家のポーチにむかい、そっとドアをひらくと、にっこり笑《わら》ってつけくわえた。

「どうか、さめませんように。」

40章

その瞬間《しゅんかん》、わたしは自分のしでかしたことを後悔《こうかい》した。

わたしは掟《おきて》をやぶった。絶対《ぜったい》にやぶってはならない掟を。

いけないと知っていながら、人間に話しかけた。

しかも、ひと言ふた言ではない。川のごとく、とうとうと話したのだ。

郵便受《ゆうびんう》けの中のカエルとはちがう。うっかり掟《おきて》をやぶったわけじゃない。

その理由《りゆう》は、ほしかったから——自分の存在意義《そんざいいぎ》を示《しめ》すなにかが。わたしは死《し》ぬ前に、なにか意味《いみ》のあることをしたかったのだ。

自分のために。

ショックを受《う》けた赤んぼうたちと、おなじくらいショックを受けた親たちが、ぶじ巣《す》の中におちつくのを見とどけてから、わたしはボンゴに正直《しょうじき》な気持《きも》ちを告白《こくはく》した。

そして、どなられるのを待《ま》った。

ボンゴはどなるのが得意《とくい》だ。とても得意だ。才能《さいのう》があるといってもいい。

「どうしてあんなこと、しでかしたんだろう。」わたしはぶつぶついった。「ボンゴ、なぜだと思う？」

ボンゴはホームベースへ飛《と》びうつった。つややかな頭で、かたい樹皮《じゅひ》をなでてくれる。

「古《いにしえ》の賢者《けんじゃ》さん、その理由《りゆう》はね、話さなきゃならない物語《ものがたり》があったからよ。」

「おろかなことをした。わたしは、おろかであってはならないのに。」

「そんなにおろかだとは思わないよ。希望《きぼう》を持《も》ってるだけ。レッド、だれだって希望《きぼう》は必要《ひつよう》なの。たとえ古《いにしえ》の賢《けん》者《じゃ》でもね。」

41章

厚《あつ》い雲におおわれた空に、朝がゆっくりとしのびよる。

明け方の小雨《こさめ》が、落《お》ちこんだ気分を癒《いや》してくれた、とはいわないまでも、葉《は》に生気をあたえた。

どういうわけか、地面《じめん》が水びたしだ。春にぬかるむのは毎年のことだけれど、これは異常《いじょう》だ。明日の願《ねが》いごとの日は、いつも以上《いじょう》に混乱《こんらん》するだろう。

早起《はやお》きの老紳士《ろうしんし》が、竹《たけ》の杖《つえ》をついて近づいてきた。青い紙切れに書いた願《ねが》いごとを、いちばん下の枝《えだ》に、より糸でむすびつけた。読みあげなかったから、なにを願《ねが》ったのかはわからない。けれども紳士《しんし》は満足《まんぞく》そうな笑顔《えがお》で、ずぶぬれの芝生《しばふ》を歩いて帰っていった。

今日は一日、たくさんの願《ねが》いごとがとどけられるにちがいない。つけやすい場所《ばしょ》をとるために、早く来る人は大勢《おおぜい》いる。

わたしにとっては、たぶん最後《さいご》の願《ねが》いごとの日になる。大昔《おおむかし》にメイブとふたりで迎《むか》えた初《はじ》めての日のことが、昨晩《さくばん》のスティーブンとサマールとの会話のように、今もはっきり思い出されるのに。

走ってきた車がわたしの近くでスピードを落《お》とし、のろのろ運転《うんてん》になった。車の窓《まど》からうでが出て、目にもとまらぬ速《はや》さで、なにかがビシャッと音をたてて幹《みき》にぶつかる。ビシャッ。ビシャッ。あと二回。すると車はタイヤをきしませ、轟音《ごうおん》とともに走り去《さ》った。

被害状況《ひがいじょうきょう》を最初《さいしょ》に報告《ほうこく》してくれたのは、ボンゴだ。

「生卵《なまたまご》よ。痛《いた》くはなかったでしょ？」

「痛《いた》くもかゆくもなかったさ。」

住人《じゅうにん》の母親たちが、大胆《だいたん》にも現場検証《げんばけんしょう》にやってきた。

アライグマのオッキイコは警察《けいさつ》のテープをくぐりぬけ、幹《みき》をたれ落《お》ちる黄身《きみ》をなめた。

「うーん、うまい。生《なま》かげんがたまんないよ。」

「ちょっと、オッキイコさん、ごちそうをひとりじめしないでちょうだい。」スカンクのトーストと、あとにつづくフクロネズミのタランチュラが文句《もんく》をいう。

メンフクロウのアグネスは、とまり木からそのようすをながめていた。

「わたしは生きてる子ネズミのほうがいいわ。どうぞみなさんで召《め》しあがって。」

「ありがたいこった。」ズルズル音をたててすすりながら、オッキイコがいった。

「ありがたくなんてないよ。人間って最低《さいてい》！」ボンゴがおこった。

「それはそうですけど——。」タランチュラが、前足をなめながらいいかえした。「こんなにおいしい卵《たまご》をむだにしては、もったいないですわ。だれかの意地悪《いじわる》は、ほかのだれかのごちそう、といいますでしょ。」

オッキイコは満足《まんぞく》げにげっぷをし、動物《どうぶつ》たちはそれぞれの家へかけもどった。

スティーブンの家のドアがあいた。わたしのほうへ歩いてきたスティーブンは、ばらけたパズルのように散《ち》らばる卵《たまご》のからに気づいて、顔をしかめた。

サマールも出てきた。リュックサックを肩《かた》にかけ、本をかかえている。泥《どろ》んこの水たまりを飛《と》びこえて、スティーブンのところへ来た。

「ばかなやつらだ。」スティーブンは卵《たまご》の残骸《ざんがい》を指《ゆび》さした。「サマール、ごめん――。」

けれどもサマールは、それ以上《いじょう》いわないで、と手でとめた。

「スティーブン。きのうの夜のことだけど――」と声を落《お》とす。

スティーブンはかすかにうなずき、わたしをじっと見つめた。そして暗号《あんごう》のようにくりかえす。

「きのうの夜。」

「この木が――。」

「この木が。」

「わたしが聞いたこと、あなたも聞いた？」とサマールがたずねる。

「うん。」

サマールが、スティーブンの目をまっすぐに見た。

「この木が……話すのを聞いた？」

「木が話すのを聞いたよ。」

サマールは小さくうなずいた。

「そっか。あれはいたずらだったのかな？　だれかの悪《わる》ふざけ？」

「それか、ふたり同時に夢遊病《むゆうびょう》にかかったのかも。」スティーブンは自分にいいきかせるようにうなずいた。「そう、夢遊病《むゆうびょう》かも。」

「夢遊病《むゆうびょう》になったことあるの？」

「いや、だけど、なんにでも初《はじ》めてはあるだろ。」

ふたりは立ったまま、こっちを見ている。わたしが話さないかと期待《きたい》しているのだ。けれども、わたしはだまっていた。話すべきことはすでに話した、そして今は後悔《こうかい》している。

「スティーブン。」サマールが小声でいった。「なにがあっても、このことはだれにもいっちゃやだめ。約束《やくそく》よ。」

「約束《やくそく》する。」

「一生よ。」

「一生。」

サマールはため息《いき》をついた。

「人に知れたら、どうかしたと思われるわ。」

「たぶんホントに、どうかしちゃったんだろうし」とスティーブン。

サマールがわたしにむきなおった。

「願《ねが》いごとの樹《き》さん、なにかいいわすれたことある？」

わたしはなにもいわなかった。

サマールとスティーブンは笑顔《えがお》をかわした。

「念《ねん》のため、ためそうと思って」とサマール。

ふたりはつれだって学校へむかった。

スティーブンの父親がポーチに出てきた。コーヒーを手にしている。スティーブンとサマールがいっしょにいることに気がつくと、まゆをひそめた。

そのすぐあとで、サマールの母親が青い家から出てきた。書類《しょるい》かばんを肩《かた》にかけ、鍵《かぎ》をガチャガチャいわせながら。スティーブンの父親の視線《しせん》をたどる。

親たちは無言《むごん》のまま、ならんで歩くスティーブンとサマールの姿《すがた》が見えなくなるまでながめていた。

42
章

自分のあやまちをくよくよしているひまなどなかった。
訪問者《ほうもんしゃ》は絶《た》え間《ま》なくやってくる。
早めに願《ねが》いごとをしようという人々が、朝から晩《ばん》までおとずれた。小さな女の子は、ハムスターが二十匹《ぴき》ほしいと願《ねが》いをかけた。通りの先の果物屋《くだものや》の主人《しゅじん》は、夏にモモが甘《あま》く熟《う》れるようにと。いつもの年と変《か》わらない。
新聞社の記者《きしゃ》もあらわれた。枝《えだ》にぶらさがる新しい願《ねが》いごとをいくつかのぞき見て、幹《みき》の根元《ねもと》にころがる、こわれた卵《たまご》のからの写真《しゃしん》をとった。

サンディとマックスが、立入禁止《たちいりきんし》のテープをはずしに来た。そこへフランチェスカがやってきた。今日のルイスとクラークは、細い革《かわ》のリードをつけている。はずかしいほどぴかぴかだ。

三人が、われた卵《たまご》のことを話しているあいだ、二匹《ひき》はフランチェスカの足のまわりをぐるぐる歩きまわっている。

「午後に伐採業者《ばっさいぎょうしゃ》を呼《よ》んで、見積《みつ》もりをしてもらうつもりなの」とフランチェスカがいう。

「ついに本気で切るのね？」サンディは残念《ざんねん》そうな声、だと思いたい。

「そう、もう迷《まよ》わない。あの泥《どろ》を見て。庭《にわ》が水びたしだよ。」フランチェスカは、ずぶぬれの芝生《しばふ》を指《ゆび》さした。「配管工《はいかんこう》にいわせると、このいまいましい木のせいで、水道管《すいどうかん》があちこち詰《つ》まってるらしいの。少しでも雨がふると、庭《にわ》が巨大《きょだい》な泥《どろ》の池になっちゃう。」

「だけどこの木がなくなったら、みんながっかりしますよ。」フランチェスカの足にまきついた、クラークのリードをほどきながら、マックスがいった。

「わかってる、木に罪《つみ》はないよ。だからって、感傷《かんしょう》にひたってても工事代《こうじだい》は払《はら》えないわ。」

フランチェスカが、こんがらかったリードをほどこうとしているあいだ、サンディがルイスをおさえていた。

「木に住《す》んでる動物《どうぶつ》や鳥はどうなるの？」

「ああ、そのことなら、ポンコツ頭をふりしぼって考えたわ。毎年あの日には、フクロネズミもフクロウも、みんないなくなるの。不思議《ふしぎ》でしょ。まるで願《ねが》いごとの日がどういう日なのか、わかってるみたいにね。」

そう答えると、フランチェスカは、団子《だんご》になったリードを飛《と》びこえた。

「動物《どうぶつ》も、大さわぎはいやなんだろうねえ。業者《ぎょうしゃ》には、明日の夕方来るよう頼《たの》んでみるわ。その時間なら、願《ねが》いごとをする人もほとんどいないはずだから。」

「木にむすんだ願《ねが》いごとは、どうするの？」サンディがたずねた。

「だれも見てないとき、ごみ箱《ばこ》にすてる。毎年のことよ。はじめから意味《いみ》のないばかさわぎってわけ。」

マックスとサンディは、きのどくそうにわたしを見た。

「いいたいことはわかるよ、そう、あたしには人情《にんじょう》のかけらもないのさ。」二匹《ひき》の猫《ねこ》に左右に引っぱられながら、フランチェスカが今度《こんど》は猫《ねこ》にむかっていった。「犬にできることが、どうしてあんたたちにはできないの？」

そして、フランチェスカは警官《けいかん》にむきなおった。

「もう決《き》めたからね。ずっと前にこうすべきだったのよ。」

「明日はわれわれも立ちよって、目を光らせときます。例《れい》の言葉《ことば》を彫《ほ》った犯人《はんにん》の手がかりは、まだ見つからない。卵《たまご》のこともあるし、このところ住民感情《じゅうみんかんじょう》がぎすぎすしてるし、伐採《ばっさい》もするとなれば、なおさら……。」サンディは肩《かた》をすくめた。「目を光らせておくに、こしたことはありませんから。」

「悪《わる》いわねえ。必要《ひつよう》とは思わないけど、ありがとう。」

ルイスとクラークが枝《えだ》にとまっているボンゴを見つけて、かけだした。

「とまんなさい、このばか猫《ねこ》！」フランチェスカはどなってリードを引いた。

子猫《こねこ》たちがボンゴにシューッとうなると、ボンゴはおどすようにつばさをひろげ、ありったけのすごみをきかせて、「カーッ！」とひと声鳴いた。

ルイスとクラークはおどろいて、フランチェスカのうでの中に逃《に》げこんだ。ふたたびリードがこんがらかった。

「フランチェスカ、明日は猫《ねこ》を家においてきたら？」とサンディが笑《わら》った。

43章

その日の午後、死刑執行人《しけいしっこうにん》があらわれた。

木には歯《は》がないので、これまでは歯医者《はいしゃ》をこわがる人間の気持《きも》ちがどうにも理解《りかい》できなかった。（歯《は》の「根《ね》」や「穴《あな》」の話をしていても、どうやら木の世界《せかい》とは意味《いみ》がちがうらしい。）

伐採業者《ばっさいぎょうしゃ》と装備《そうび》を見て、わたしは初《はじ》めて人間の気持《きも》ちを理解《りかい》した。

トラックにのせられて大型《おおがた》の電動《でんどう》のこぎりが運《はこ》びこまれ、切《き》り株《かぶ》破砕機《はさいき》という不吉《ふきつ》な名前のしろものまで登場《とうじょう》すると、さすがのわたしも、これは大変《たいへん》なことになったと思いはじめた。

念《ねん》のためにいわせてもらうと、剪定業者《せんていぎょうしゃ》は木の大親友だ。人間がつめや髪《かみ》を切るように、木も枝《えだ》を切る必要《ひつよう》がある。刈《か》りこみといって、年にせいぜい一、二度《ど》だけれど。じょうずに刈《か》りこんでもらったあとは、いつも優雅《ゆうが》な気分になる。けれども刈《か》りこみでつかうのは、巨大《きょだい》なはさみのような植木《うえき》ばさみか、長い棒《ぼう》の先に小さなのこぎりのついた道具《どうぐ》だ。切《き》り株破砕機《かぶはさいき》がつかわれることは、めったにない。

オレンジ色のヘルメットをかぶった男三人がフランチェスカの家へ行き、木材《もくざい》ターミネーター・サービスから来ました、とあいさつするのを聞いても、恐怖《きょうふ》は消《き》えなかった。

「あのダサい帽子《ぼうし》の上に、落《お》とし物《もの》してやる。」ボンゴがぶつぶついっている。

「だめだよ。」本心ではそそられていたけれど、わたしはボンゴをたしなめた。「なにがどうなってるんだか、しばらく拝見《はいけん》しようじゃないか。刈《か》りこみのために来ているのかもしれないし。」

「あんたって、まじで楽天家ね。」

フランチェスカは三人を案内《あんない》し——今回はルイスとクラークはいなかった——、代金《だいきん》や時間について相談《そうだん》した。

そう。わたしの美《うつく》しい枝《えだ》のつくる木陰《こかげ》に立って、わたしを切りたおす相談《そうだん》をしているのだ。

無神経《むしんけい》にもほどがある。

男のひとりが——デイブと自己紹介《じこしょうかい》していた——洞《うろ》をしらべるために、はしごをのぼった。母親たち——アグネスとタランチュラとオッキイコ——は、油断《ゆだん》なく男に目を光らせて、赤んぼうを守《まも》ろうとしている。

「お客《きゃく》さん、この木には小動物《しょうどうぶつ》がいますね。」デイブが報告《ほうこく》する。

「そうそう。毎年毎年、かならずね。」

ボンゴはメンフクロウのアグネスの近くまで飛《と》びあがると、小声でいった。

「一個《こ》だけ落《お》としてやる！　それだけだから。」

「だったら、伐採《ばっさい》するのは秋の終《お》わりまで待《ま》ったほうがいい。そのほうが動物《どうぶつ》への影響《えいきょう》が少ないんで。」

「それなら心配《しんぱい》いらないよ。」フランチェスカが腰《こし》に手をあててうなずいた。「毎年、五月一日になると、鳥も動物《どうぶつ》も、大あわてでここから出ていくの。願《ねが》いごとの日って、聞いたことある？」

デイブは短《みじか》いひげの生えたあごをかいた。

「願《ねが》いごとの日？」

「町の者《もの》たちが願《ねが》いごとを書いて、木につけるのよ。鳥や動物《どうぶつ》はさわぎをきらう。だから、明日の午後来てもらえれば、ちょうどいいってわけ。土曜日だけど、お宅《たく》はやってるの？」

「はい、大丈夫《だいじょうぶ》です。」デイブは頭を横《よこ》にふると、「願《ねが》いごとの日ねえ……」と小声でいった。「そいつはおどろいた。」

フランチェスカはうなずいて、わたしの幹《みき》をそっとたたいた。

「ほんと、ばかばかしい。ここまでがまんしてきたなんて、自分でも信《しん》じられないよ。」

44章

夕方、フランチェスカが、青い家と緑《みどり》の家を訪《たず》ねてきた。

わたしの家。

一軒《けん》は黒いドアで、もう一軒は茶色いドア。

一軒《けん》は黄色い郵便受《ゆうびんう》けで、もう一軒は赤い郵便受け。

順《じゅん》にドアをノックする。そして、わたしを切ることになったと説明《せつめい》する。

どちらの家の両親《りょうしん》も、わかりましたと答えた。木がなくなるのはさびしいだろう。その一方で、願《ねが》いごとの日がなくなり、ほっとするのでは？　それに、リビングは今より明るくなるし、ドングリをふんづけることもへるはずだ、と。

「決《き》めた。あの親たちにだけは、落《お》とし物《もの》する。」ボンゴがうなった。「今より明るくなる！　よくもそんなことといえるね。酸素《さんそ》がへるのは？　景観《けいかん》はどうなの？」

「ボンゴ、弁護《べんご》してくれてありがとう。だけど落《お》とし物《もの》はなしだ」とわたしがいった。

サマールとスティーブンは、親たちのように聞きわけがよくはなかった。

ふたりは走って、芝生《しばふ》を歩くフランチェスカに追《お》いついた。サマールがセーターを引っぱった。

「お願《ねが》い、話を聞いてください。あの木は切っちゃいけないんです。」

「切っちゃいけないって？　どうしてなの？」フランチェスカがたずねた。

「あの木は生きてるんです。」スティーブンが息《いき》を切らしていう。

「それくらいわかってるさ。木ってそういうものだからね。」そういいかけてフランチェスカは、サマールが首にかけているリボンに目をとめた。「おや、その鍵《かぎ》は知ってるよ。リボンに見覚《みおぼ》えがあるわ。」

「カラスがくれたんです。」

「ほんとに？　かしこいやつらだねえ。」

サマールはリボンを首からはずし、フランチェスカに鍵《かぎ》をわたした。

「いやいや、そんなオンボロいらないよ。」フランチェスカはそういって鍵《かぎ》を返《かえ》した。

「あんたが持《も》ってなさい。ちょっと思い出しただけ……。たいしたことじゃない。それは日記帳《にっきちょう》の鍵《かぎ》だよ。ひいひいばあさんのメイブが、この町に引《ひ》っ越《こ》してきたころにつけてた日記のね。」

「そうだったんですね。」サマールがいった。

「どこにありますか？　その日記帳《にっきちょう》。」スティーブンがたずねた。

「屋根裏《やねうら》だったかねえ？　いやちがう。たぶん、サマールの家の裏《うら》の物置《ものおき》にあるよ。家《か》族《ぞく》の昔《むかし》のものをしまいこんであるから。」フランチェスカは苦笑《にがわら》いした。「水に流《なが》されてなければね。このところ、裏庭《うらにわ》は水びたし。それも、この木とわかれる理由《りゆう》のひとつよ。」

サマールは涙《なみだ》をぬぐった。

「おばさんはなんにもわかってない。この木は……人間みたいなんです。」

「やさしいことをいってくれるね。」フランチェスカはサマールの頭をそっとたたいた。「だけど、ただの木だよ」と肩《かた》をいからせる。「さてと、ルイスとクラークにえさをやらないと。ここからでも、あの子たちが文句《もんく》をいってんのが聞こえる。それに、明日は大いそがしだしね。」

スティーブンは、帰りかけたフランチェスカの前にすすみでると、有無《うむ》をいわせぬ口《く》調《ちょう》でいった。

「帰る前に、とにかく聞いてください。」

そしてわたしにむきなおると、「なにか話して!」と命令《めいれい》した。

「お願《ねが》い、願いごとの樹《き》!」サマールもうったえた。

わたしはだまっていた。

もう話すべきことはなにもない。

スティーブンとサマールを見くらべて、フランチェスカがいった。

「あんたたち、テレビゲームのやりすぎで、頭がどうかしちゃったんじゃない?」

「願《ねが》いごとの樹《き》、話すんだ!!」スティーブンがいった。

わたしは沈黙《ちんもく》を守《まも》った。

「この木は話せるんです。人間の言葉《ことば》で。わたしたちにメイブのことを教えてくれた。」

サマールがいうと、フランチェスカは一瞬《いっしゅん》とまどい、わたしを見た。

「たとえ話でしょ？　そりゃ、木は話しかけるさ。木の葉《こは》がささやくっていうからね。」

「木の洞《うろ》のこと、それに赤んぼうのことも教えてくれました。」

フランチェスカはおどろいて目をぱちぱちさせた。

「赤んぼう……？」

「そうです。」サマールがつづけた。「おきざりにされた赤んぼう。」

フランチェスカの動《うご》きがもう一度《ど》とまった。

「そうか。前に家族《かぞく》の話をしたことがある。きっと近所《きんじょ》のだれかに聞いたんだね。」

スティーブンは首を横《よこ》にふった。

「いいえ、この木から聞いたんです。」

「やれやれ……。」フランチェスカは手で顔をあおいだ。「あんたたちふたりには、もううんざり。自分の子育《こそだ》てがとっくに終《お》わって、心からうれしいよ。よく聞きなさい、うちへ帰ったらぐっすり寝《ね》るの。わかったね？　でなきゃ、カウンセリングでも受《う》けること。」

そして、くつが泥《どろ》だらけになるのもかまわず、全速力《ぜんそくりょく》で芝生《しばふ》を横切《よこぎ》り、帰っていく。

「フランチェスカさん？」スティーブンが呼《よ》びかけた。

「ただの木だっていってるのに……。いってごらん、『ただの木だ』って。」

「さっきの日記帳《にっきちょう》、さがしてみてもいいですか？」

フランチェスカは、肩《かた》ごしにスティーブンを見た。

「メイブの日記帳《にっきちょう》を？　どうぞどうぞ。水につかってるかもしれないけどね。」そして、おしまい、というように両手《りょうて》をあげた。「そのかわり、ばかばかしい木の話はもう終《お》わり。いいね！」

フランチェスカが家に入ると、スティーブンとサマールは、責《せ》めるようにわたしを見つめた。

「どうして話さなかったの？」サマールが問《と》いつめる。

なぜなら、おろかなことだから。

なぜなら、してはいけないことだから。

なぜなら……。

スティーブンとサマールはすっかりうなだれて、わたしからはなれていった。けれども少し行ったところで、サマールが立ちどまると、スティーブンにむきなおった。

「そういえば今日、学校でおかしなことがあったの。みんなが……なんだか変《へん》。わたしのことを話してるみたいなの。こそこそ小さい声で。メモまでまわして。」サマールはうたがうように目を細めた。「まさか、だれかに話してないでしょうね？　きのうの晩《ばん》のこと。」

「話してないよ。」

「だとしたら、なんだったんだろう。」

「かんちがいなんじゃない？」

「そうじゃないわ。だって、うわさされるのはいつものことなの。意地悪《いじわる》くね。だけど今日はちがってた。」

「ものごとは、見かけどおりとはかぎらないっていうだろ。」スティーブンは、はげますように笑《わら》いかけた。「さあ、物置《ものおき》をしらべに行こう。」

わたしは、サマールの家の裏庭《うらにわ》へむかうふたりを見送《みおく》った。ふたりが話している。笑《わら》い合っている。うまくいけば、このまま友だちになれるかも。

だとすれば、わたしのしたことは、それほどおろかではなかったのかもしれない。

45
章

木はねむらない。人間や動物《どうぶつ》のようには。
けれど、木も休みはする。
残念《ざんねん》ながら、その晩《ばん》わたしは休めなかった。
当然《とうぜん》、翌日《よくじつ》のことで頭はいっぱいだ。
でもそれ以上《いじょう》に、残《のこ》された短い時間の一瞬一瞬《いっしゅんいっしゅん》をのがしたくなかった。
美《うつく》しい星のシャワーをあびたい。
フクロウのひなのやわらかい綿毛《わたげ》にふれたい。

夜が終《お》わるまでに、ほんの少しだけ根《ね》をのばしたい。

人生や愛《あい》の意味《いみ》について、ゆっくりと瞑想《めいそう》したい。

哲学《てつがく》の世界《せかい》にふけりたい。


「さっきから考えていたんだが……。」わたしはボンゴに話しかけた。「明日のことを悩《なや》んでも意味《いみ》がないよ。明日はかならず、おとずれるのだから。」

「レッド！」ボンゴがあきれた。

「また、古《いにしえ》の賢者《けんじゃ》くさかったかい？」

ボンゴはしばらくだまっていた。じっとわたしを見つめている。

「そんなことないよ。これまで一度《ど》だって、そんなことなかった。」

そういうと、ボンゴはホームベースへもどっていった。

世界《せかい》はしずかで、おだやかだ。

「木のジョークを聞きたいかい？」

「おもしろいの？」

「たぶんおもしろくないと思う。」

「だったらやめとく。」

「木が大好《だいす》きな曜日はなんだ？」

「わかんない。何曜日？」

「正解《せいかい》は木曜日でした。」少し間をおいて、「なぜなら、その——。」

「レッド。」ボンゴがわりこんだ。「いつもいってるでしょ、説明《せつめい》しちゃだめ。」

そのあと、わたしたちはあまりしゃべらなかった。

人生や愛《あい》の意味《いみ》について話す必要《ひつよう》などなかった。

満天《まんてん》の星をちりばめた空をながめ、甘《あま》やかなしめった大地のにおいをかぎ、わたしの中で息《いき》づいている、小さな命《いのち》の鼓動《こどう》を聞くだけで十分だった。

たとえ、これが最後《さいご》の夜だとしても。

46章

土曜の朝は、よく晴れて少し涼《すず》しかった。動物《どうぶつ》たちとフクロウは、朝日がのぼるまえに木の洞《うろ》を出ていった。

どの家族《かぞく》も、おなじ町内の木に、新しいすみかを見つけていた。スカンク一家は、ポーチの下に居《い》すわる予定《よてい》だ。みんなが、これからも近くにいると思うとうれしい。

住人《じゅうにん》たちは、順番《じゅんばん》にわたしに鼻《はな》をこすりつけ、さよならとささやいた。赤んぼうたち、特《とく》にメンフクロウのハロルドぼうやと、スカンクのバラノハナと、フクロネズミのフラッシュは泣《な》きじゃくった。親たちは平気《へいき》なふりをよそおっていたが、ふるえる声が

本心を物語《ものがた》っていた。

つらいひとときだったけれども、おわかれが終《お》わるとほっとした。

いつだって、わかれは苦手《にがて》だ。

ボンゴはというと、最後《さいご》の最後までわたしといる、といいはっている。

こういうときは、なにをいってもむだだ。

朝六時、スティーブンとサマールが、サマールの家のポーチにならんで腰《こし》かけた。

七時、警官《けいかん》のサンディとマックスが到着《とうちゃく》した。パトカーを通りの反対側《はんたいがわ》にとめ、中にすわってコーヒーを飲《の》み、ドーナツを食べている。

八時、地元新聞社の記者《きしゃ》が三人、マイクや機材《きざい》を持《も》って到着《とうちゃく》した。「去《さ》レ」と彫《ほ》られた幹《みき》を録画《ろくが》し、その意味《いみ》と、それが町のふんいきをどう変《か》えたかを語りはじめる。

記者《きしゃ》は、わたし——不運《ふうん》な願《ねが》いごとの樹《き》——のことも語りだした。

「不運《ふうん》な」という言葉《ことば》は気に入らない。

とはいえ、そのレポートが正しいことはみとめなければならない。

フランチェスカは八時半にあらわれた。片手《かたて》にマグカップを持《も》ち、反対《はんたい》の手で小さな木のはしごを引きずっている。毎年、願《ねが》いごとをする人のために用意《ようい》するはしごだ。そしてもう一度《ど》家へもどると、リードをつけたルイスとクラークをつれてもどってきた。二匹《ひき》はまるでいうことをきかない。

そして、願《ねが》いごとの日がはじまった。

父親に肩車《かたぐるま》されたおちびさんが、せいいっぱい背《せ》のびする。

ふたりの少女につきそわれた、おばあさんも。

近所《きんじょ》の人が次々《つぎつぎ》にやってくる。これまで見かけたことのある人がほとんどだ。

願《ねが》いごとは次《つぎ》から次へ休みなく。

色あざやかな端布《はぎれ》に書いたもの。

大半は紙に書かれ、リボンやひもでむすんである。

くつしたに書かれたものもいくつか。

Tシャツが二枚《まい》。

そしてパンツが一枚《まい》。

初《はじ》めのうちは、少人数のグループや、ひとりで来る人ばかりだった。ところが、途中《とちゅう》からようすが変《か》わった。小雨《こさめ》が土砂降《どしゃぶ》りになるように。

小学校の生徒《せいと》がたくさんやってきた。十人。五十人。いや百人以上《いじょう》の子どもたち。保《ほ》護者《ごしゃ》や先生たちの姿《すがた》も見える。

全員《ぜんいん》が短冊《たんざく》を持《も》っている。短冊には穴《あな》があいていて、ひもが通してある。

スティーブンは、たくさんの子とハイタッチをした。校長先生と抱《だ》きあい、先生たちに手をふった。

サマールはいぶかしげな表情《ひょうじょう》で、両親《りょうしん》といっしょに玄関先《げんかんさき》の階段《かいだん》にすわっている。生徒《せいと》たちはひとりずつ、願《ねが》いごとをむすびつけた。校長先生と副《ふく》校長先生と主事《しゅじ》さんと先生たちが、それを手伝《てつだ》う。

これほどたくさんの願《ねが》いごとがむすばれたのは、初《はじ》めてだ。

わたしの心がこれほど希望《きぼう》にあふれたのも、初《はじ》めてだ。

子どもたちも、近所《きんじょ》の人も、初《はじ》めて見る人も、願《ねが》いごとをむすびおえると、ひとり残《のこ》らず、サマールと両親《りょうしん》のほうを見て、こういった――。

「ここにいて。」

47章

一時間後、わたしは「ここにいて」という言葉《ことば》におおわれていた。むすびきれない願《ねが》いごとが根元《ねもと》の地面《じめん》におかれ、山に花が咲《さ》いているようだ。願《ねが》いごとは、青い家と緑《みどり》の家のポーチにも手すりにも、歩道にもあふれた。

二百十六の年輪《ねんりん》をかさねて、わたしはもうこの世《よ》のすべてを見たと思っていた。

ところが、いくつになっても、まだまだおどろかされることはあったのだ。

「ここにいて」の願《ねが》いごとがスティーブンのアイディアだということは、すぐにわかった。先生が協力《きょうりょく》してくれて、きのう授業《じゅぎょう》時間のほとんどをつかい、クラス全員《ぜんいん》でひそかに短冊《たんざく》づくりをした。計画は、あっという間にひろまって、学校全体《ぜんたい》が参加《さんか》することになったのだ。

「これ、あなたが考えたの？」サマールがスティーブンにたずねた。

「大勢《おおぜい》の人が手伝《てつだ》ってくれたんだよ。きみにばれなかったのは奇跡《きせき》だね。」

サマールは自分の両親《りょうしん》のほうを見ていった。

「これでなにかが変《か》わるかどうかは、わからない……。」

スティーブンは自分の両親《りょうしん》のほうを見た。

「こっちもおなじだよ。」

「でも、ありがとう。変《か》えようとしてくれて。」

スティーブンが返事《へんじ》をしようとしたところへ、木材《もくざい》ターミネーター・サービスのトラックが到着《とうちゃく》した。

わたしの物語《ものがたり》の終《お》わりがやってきた。

それにしても、なんとすばらしい物語《ものがたり》だっただろう。今日という日をこの目で見ることができて、わたしは幸《しあわ》せ者《もの》だ。

けれどもスティーブンとサマールは、そうやすやすとあきらめるつもりではないらしい。ふたりは、右脚《みぎあし》にまきついた子猫《こねこ》のリードを必死《ひっし》にほどこうとしているフランチェスカのもとへかけよった。

サマールが頼《たの》みこんだ。

「お願《ねが》いです。願いごとの樹《き》は、こんな大勢《おおぜい》に愛《あい》されてる。頼《たの》むから切らないで。」

けれど、フランチェスカの意思《いし》は変《か》わらない。

「いったでしょ、今がそのとき。もう限界《げんかい》なの。」

するとスティーブンが、上着《うわぎ》のポケットからなにかをとりだした。小さな革表紙《かわびょうし》の手《て》帳《ちょう》だ。

「おや、見つけたんだね。物置《ものおき》の中にあったの？」とフランチェスカ。

「そうです。」スティーブンは、すりきれた日記帳《にっきちょう》をさしだした。

「なんだか、しめってるね。」

サマールはフランチェスカの手のひらに、長いリボンのついた鍵《かぎ》をおしつけた。

「読んでください。」

「そのうちね。」

「今すぐ読んでもらえませんか?」スティーブンがせまった。

フランチェスカはため息《いき》をついた。

「あんたたち、なにかほかにやることないの? まったく……。」

鍵《かぎ》を銀色《ぎんいろ》の鍵穴《かぎあな》にさしこむと、カチッと音がして手帳《てちょう》がひらいた。紙は黄色く変色《へんしょく》し、インクは消《き》えかけている。

「そうか、話す木の物語《ものがたり》が書いてあるんだね。」

「書いてあるのは、この町のこと。ぼくたちのことが書かれています。」スティーブンがいった。

「読んでもらえませんか?」サマールがもう一度《ど》いった。

「こまったねえ、読んだって気持《きも》ちは変《か》わらないのに」とフランチェスカ。

「お願《ねが》いします!」スティーブンもいった。

「やれやれ、負《ま》けたよ。」フランチェスカはあきれたという顔をした。「どうせ、業者《ぎょうしゃ》の準備《じゅんび》ができるまで待《ま》ってなきゃならないから。わかった、さっと目を通すよ。そしたらあんたたちも、うるさくしないでしょ。」

フランチェスカはルイスとクラークを引きずって、サマールの家のポーチへ行くと、階段《かいだん》に腰《こし》をおろして日記を読みはじめた。

48章

大木《たいぼく》を切りたおすのは容易《ようい》ではない。周到《しゅうとう》な準備《じゅんび》と、知識《ちしき》と経験《けいけん》をもつ専門家《せんもんか》が必要《ひつよう》だ。

近くの木が切られるのを何度《なんど》か見たことがあるので、流《なが》れは理解《りかい》している。サンディとマックスは、見物人《けんぶつにん》を安全《あんぜん》なところまで誘導《ゆうどう》した。スティーブンの両親《りょうしん》は自分の家のポーチで、サマールの両親《りょうしん》も自分の家のポーチで、見守《みまも》っている。しばらくすると、伐採業者《ばっさいぎょうしゃ》が幹《みき》にロープをまきつけて、相談《そうだん》しはじめた。

男の人と女の人がふたりがかりで、巨大《きょだい》な電動《でんどう》のこぎりを運《はこ》んできた。次《つぎ》は切《き》り株破《かぶは》

砕機《さいき》だ。

破砕機《はさいき》は、飢《う》えた動物《どうぶつ》に少し似《に》ている。

本当をいうと、とてもよく似《に》ている。

「動物《どうぶつ》たちはもういませんか？」デイブがフランチェスカに声をかけた。

「一匹《ぴき》も見てないよ」とフランチェスカ。

デイブははしごをのぼって、洞《うろ》の中をていねいにのぞきこんだ。メンフクロウの家の奥《おく》にかくれているボンゴには、気づかなかったようだ。

周囲《しゅうい》がさわがしい中、わたしはただじっと、運命《うんめい》のときが来るのを待《ま》っていた。

どうやら、昔《むかし》からの住人《じゅうにん》や新しい友だちが、わたしを見送《みおく》ろうと大勢《おおぜい》あつまっているらしい。

歩道で、子どもたちが音楽を演奏《えんそう》している。

音楽の良《よ》し悪《あ》しはわからない。けれど、大きな音なのはまちがいない。

思い出した、ボンゴの好《す》きなロックバンドだ。

なんだか、パーティのよう。おわかれパーティだ。

わたしをとりまく、にぎやかで、複雑《ふくざつ》にからみあう、色とりどりの庭《にわ》。
こんなおわかれも悪《わる》くはない。
それどころか最高《さいこう》だ。

49章

デイブはメガホンを手にとって、見物人《けんぶつにん》に安全柵《あんぜんさく》のうしろにさがるよう注意《ちゅうい》した。

「みなさん、これは大木《たいぼく》です。おわかれのとき、道連《みちづ》れになられちゃこまりますので。」

「ボンゴ。」わたしは本人にしか聞こえない声でいった。「もう安全《あんぜん》なところへ行っておくれ。デイブの話を聞いただろう？　わたしは大木《たいぼく》なんだ。たおれるとき、まきこまれたら大変《たいへん》だ。」

「あたし、どこへも行かないよ。」ボンゴは小さい声で、でも断固《だんこ》としていいかえした。「心配《しんぱい》しないで。あたしは大丈夫《だいじょうぶ》。だけどレッドからは、はなれない。話はおしまい！」

デイブは作業員《さぎょういん》たちにむきなおった。

「それじゃ、はじめるか。」

「ボンゴ、頼《たの》むよ。」おだやかに話してはいても、事態《じたい》は切羽詰《せっぱつ》まっている。

電動《でんどう》のこぎりが近くに運《はこ》ばれてきた。

じきに、耳をつんざくエンジンのうなり声が聞こえるだろう。ところがそのかわりに、小さいけれど力強い声が鳴りひびいた。子犬のうなり声と、子猫《こねこ》がシューッとおこる声がまじったような。

フクロネズミの赤んぼうの声だ。

大勢《おおぜい》の見物人《けんぶつにん》のあいだをすりぬけ、泥《どろ》だらけの芝生《しばふ》を横《よこ》切《ぎ》り、デイブと作業員《さぎょういん》を横目《よこめ》に、巨大《きょだい》なのこぎりをさけ、切《き》り株破砕機《かぶはさいき》の下をくぐって、誇《ほこ》らしげな表情《ひょうじょう》を浮《う》かべ、ついにわたしの幹《みき》をのぼってきたのは、ほかでもないフクロネズミのフラッシュだった。

フラッシュは、まっしぐらにこれまで住《す》んでいた洞《うろ》へのぼり、中から小さな顔をのぞかせた。息《いき》を切らし、ふるえあがって、しゃっくりまでしている。でも、気絶《きぜつ》しそうな気配《けはい》はない。

「……レッド、会いたかったよ。」フラッシュは、ボンゴとわたしだけに聞こえる小さな声でささやいた。

「のこぎり、ちょっと待《ま》った！」デイブがどなった。「いかれた動物《どうぶつ》が、たった今、幹《みき》をのぼってったぞ！」

ボンゴが洞《うろ》から出てきて、小声でいった。

「フラ！　ここにいちゃダメ！　あぶないよ。あいつら、レッドを、その……わかってんでしょ！」

「ボンゴおばさんだって、ここにいるくせに」とフラが指摘《してき》した。

芝生《しばふ》の向《む》こうから、母親のタランチュラがフラのきょうだいを引きつれて、飛《と》ぶようにやってきた。まっすぐに自分たちの巣《す》へむかう。フラをぎゅっと抱《だ》きしめたあとで、お説教《せっきょう》がはじまるだろう。

空には突然《とつぜん》、メンフクロウのハロルドぼうやがあらわれた。綿毛《わたげ》だらけの蝶々《ちょうちょう》のように、やみくもにつばさをパタパタさせている。アグネスと残《のこ》りのひなたちもやってきた。フクロウ一家は、まるで、はなれたことなどないかのように、住《す》み慣《な》れた家へもどっていった。

ボンゴはかくれていた洞《うろ》をメンフクロウにあけわたし、ホームベースへうつった。

次《つぎ》に、アライグマ三きょうだいと母親のオッキイコが、小走りで芝生《しばふ》をこえてきた。

最後《さいご》にスカンク一家が、するする幹《みき》をのぼって、人の手のとどかない高い枝《えだ》におちつくと、洞《うろ》に入っていた動物《どうぶつ》たちも外へ出てきた。

七匹《ひき》のフクロネズミと、四匹のアライグマと、五羽《わ》のフクロウと、六匹《ぴき》のスカンクが、よちよち歩いたり、すべったり、かけたり、飛《と》んだりして、わざわざわたしを見送《みおく》るために来てくれたのだ。

わたしの住人《じゅうにん》たち。

わたしの友だち。

見物人《けんぶつにん》は大よろこびだ。拍手《はくしゅ》をしたり、歓声《かんせい》をあげたり、笑《わら》ったり。

フランチェスカはなにが起《お》こったのか見ようとして、うっかり子猫《こねこ》のリードをはなし、ルイスとクラークが脱走《だっそう》した。

二匹《ひき》はまっすぐわたしのところへ来ると、仲間《なかま》にくわわろうと幹《みき》をよじのぼった。

せっかくあつまってくれた住人《じゅうにん》たちだけれど、かんぺきにはほど遠い。赤んぼうも親もぶつぶついっている。人間には聞こえない小さな声だ。

「痛《いた》いよ！」スカンクのポップコーンが文句《もんく》をいった。

「しっぽを、ひとの口の中に入れるからでしょ！」とアライグマ三きょうだいのだれかがさけんだ。

「あなたのにおい、スカンクみたい！」だれかが苦情《くじょう》をいうと、

「スカンクだけど？」と返事《へんじ》が返《かえ》ってきた。

「ママ、猫《ねこ》ってこわい動物《どうぶつ》なの？」メンフクロウのハロルドぼうやが、母親のアグネスにたずねた。

「原則《げんそく》としては、そうよ。だけど今は特別《とくべつ》。」

住人《じゅうにん》たちはしばらくすったもんだしていたが、ついに全員《ぜんいん》が高い枝《えだ》に勢《せい》ぞろいした。

みなおちついて見物人《けんぶつにん》を見おろしている。

伐採業者《ばっさいぎょうしゃ》のひとりがヘルメットをぬいで頭をかくと、デイブにいった。

「こんなの、ありえない。本当なら、こいつらは殺《ころ》し合ってるはずだぞ。」

「動物界《どうぶつかい》の奇跡《きせき》だ。」べつの作業員《さぎょういん》がいった。その人はスマートフォンをとりだした。

「フェイスブックにのせないと！」

ほかにも大勢《おおぜい》がおなじことを考えたらしい。カメラのシャッターが立てつづけにおされた。記者《きしゃ》たちは安全柵《あんぜんさく》を無視《むし》してわたしにかけより、動物《どうぶつ》たちにインタビューしようとでもいうように、マイクをのばした。

サービス精神過剰《せいしんかじょう》なボンゴはよろこんでこれに応《おう》じ、さしだされたマイクにむかって、「チョーダイ！」とひと声。

デイブはフランチェスカに、お手上げのジェスチャーをした。

「お客《きゃく》さん、この動物園《どうぶつえん》どうなってんですか？　どうやってこんな木を切るんです？」

フランチェスカは涙《なみだ》をぬぐって立ちあがると、スティーブンとサマールの肩《かた》を抱《だ》いた。

三人は、泥《どろ》だらけの芝生《しばふ》の上をゆっくりすすむ。

わたしの根元《ねもと》まで来ると、フランチェスカはメイブの日記帳《にっきちょう》からしおりをぬきとり、日記帳《にっきちょう》をスティーブンにわたした。すりきれ、色あせた、青いたてじまの端布《はぎれ》。

メイブの願《ねが》いごとを書いた布《ぬの》だ。

フランチェスカは、その布《ぬの》をいちばん低《ひく》い枝《えだ》に慎重《しんちょう》にむすんだ。枝はたくさんの願《ねが》いごとで、すでにいっぱいだ。

次《つぎ》にフランチェスカは、動物《どうぶつ》たちを長いあいだじっと見つめた。ルイスとクラークは、幸《しあわ》せそうにのどを鳴らしている。

見物人《けんぶつにん》はしずまりかえった。聞こえてくるのは、風にそよぐ葉《は》の音だけだ。

ついに、フランチェスカが口をひらいた。

「みんな、聞いて。あたしは演説《えんぜつ》なんて好《す》きじゃない、柄《がら》じゃないからね。」そういって、わたしの幹《みき》をやさしくたたいた。「だけど、ひとついわなきゃならないことがあるの。この古い木が自分の家族《かぞく》にとってどれほど大切かってことを、今日まで忘《わす》れかけてた。それにどうやら――」わたしの住人《じゅうにん》たちを指《ゆび》さして、「ほかの家族《かぞく》にとっても大切らしいしね。」

大勢《おおぜい》がにっこり笑《わら》った。笑い声もこぼれた。

フランチェスカは、傷《きず》つけられたわたしの樹皮《じゅひ》を指《ゆび》でなぞりながら、話しつづけた。

「この言葉《ことば》はきらいだよ。大きらい。ひいひいばあさんのメイブも、きっとおなじようにきらっただろうね。この町に住《す》む者《もの》は――あたしたちは、こんなことはいわない。」

フランチェスカはサマールの両親《りょうしん》を見た。

「この町では、だれかをおどしたりしない。受《う》け入れるんだ。」

フランチェスカはサマールの手をとった。

「この木は、これからもここにいる。だから、あんたの家族《かぞく》もどこへも行かないで、ここにいておくれ。」

50章

その夜、見物人《けんぶつにん》が散《ち》りぢりに帰って何時間もすぎてから、サマールが小さい青い家の玄関《げんかん》からそっとぬけだしてきた。部屋《へや》の窓《まど》からようすをうかがっていたスティーブンも、すぐあとにつづいた。

ふたりは、願《ねが》いごとをたわわにのせた枝《えだ》の下に、だまったまますわっていた。

やさしいそよ風が吹《ふ》き、子どもたちの書いた短冊《たんざく》が巨大《きょだい》なガのようにはためく。

月の光が、願《ねが》いごとに、枝《えだ》に、綿毛《わたげ》にくるまれたフクロウのひなに、そして空を見あげるスティーブンとサマールにふりそそぐ。

やわらかい銀色《ぎんいろ》の光をあびて、なにもかもこのうえなく美《うつく》しい。

「サマールの家族《かぞく》は、ここにいてくれるかな？　いろんなことがあったけど……。」スティーブンがたずねた。

「わからない……そうなるといいけど」とサマールが答えた。

風が強まった。短冊《たんざく》がはためく。リボンが踊《おど》る。いちばん低《ひく》い枝《えだ》に、赤い毛糸でゆるくむすんであったノートの切れはしが、風にあおられ、飛《と》ばされた。

サマールは飛《と》んできた紙切れをつかまえた。目を細めて、走り書きの願《ねが》いごとを読む。そして立ちあがると、注意深《ちゅういぶか》く枝《えだ》にむすびなおした。

「願《ねが》いごと、なんだって？」スティーブンがたずねた。

「宿題《しゅくだい》をやってくれるロボットがほしいって。」

「それは、ありえないんじゃないかな。」

「たしかに。」サマールはわたしの幹《みき》にもたれて、ほほえんだ。「だけどそれをいったら、話す木だってありえないわよ。」

51章

この物語《ものがたり》がおとぎ話ならば、願《ねが》いごとの日には少しだけ魔法《まほう》の力があって、世《よ》の中《なか》は変《か》わり、みんないつまでも幸《しあわ》せに暮《く》らしましたとさ、といいたいところだ。

だが、わたしたちが生きているのは、現実《げんじつ》の世界《せかい》だ。

そして現実《げんじつ》の世界《せかい》は、いい庭《にわ》とおなじで複雑《ふくざつ》にからみあい、活気《かっき》にあふれている。変《か》わったこともあれば、変わらないこともある。けれども、わたしはあいかわらず楽天家で、未来《みらい》に希望《きぼう》を感《かん》じている。

サマールの両親《りょうしん》は引《ひ》っ越《こ》しをとりやめた——とりあえず今のところは。

スティーブンとサマールは、いい友だちになった。わたしの根元《ねもと》で、いっしょに宿題《しゅくだい》をすることもある。

親たちは、あいかわらず口をきこうとしない。

将来《しょうらい》、話す日が来るのかどうか、わたしにもわからない。

結局《けっきょく》、警察《けいさつ》は、「去《さ》レ」と幹《みき》に彫《ほ》りつけた少年を見つけることができなかった。けれど何週間か前、わたしはのんびり歩いているその子を見つけて、ボンゴに教えた。

その日、ボンゴは、超特大《ちょうとくだい》の落《お》とし物《もの》をした、とだけいっておこう。

わたしの住人《じゅうにん》たちは全員《ぜんいん》、もとの安全《あんぜん》な洞《うろ》にもどった。

今でも、もめることはある。けれど、隣人《りんじん》を食べてはいない。

フランチェスカは、「歴史的遺産《れきしてきいさん》」としてわたしを登録《とうろく》しようと、市に申請《しんせい》している。

そうなれば、永遠《えいえん》に保護《ほご》されるのだ。

今やフランチェスカは、地元の配管工《はいかんこう》と親しく名前で呼《よ》び合う仲《なか》になった。配管工《はいかんこう》は目下《もっか》、押《お》しの強いわたしの根《ね》と格闘中《かくとうちゅう》だ。

ルイスとクラークは、いまだにリードをつけて歩けない。

ボンゴに新しい友だちができた。名前はハーレーダビッドソン。近い将来《しょうらい》、カラスのチビチビが誕生《たんじょう》するんじゃないかと、期待《きたい》している。

わたしのことでいえば、これからは二度《ど》と出しゃばらない、とボンゴに約束《やくそく》した。人の世話《せわ》をやく日々は終《お》わりだ、と。

とはいえ。ここでこうして、あなたと話している。

とまあ、そういうこと。わたしは、仲間《なかま》の木よりもおしゃべりなのだ。

だけどもし、とびきりいいことが起《お》こりそうな日に、親しげに笑《わら》いかけているような木を見かけたら、ものはためし、立ちどまって耳をすましてごらん。

木のジョークは笑《わら》えない。

でも、物語《ものがたり》はお手のものだ。

訳者《やくしゃ》あとがき

『願《ねが》いごとの樹《き》』(原題《げんだい》“Wishtree”)は、アメリカの作家キャサリン・アップルゲイトが二〇一七年に発表《はっぴょう》した作品《さくひん》です。

物語《ものがたり》の舞台《ぶたい》は現代《げんだい》のアメリカ。語り手であるレッドオークのレッドは、さまざまな国からの移民《いみん》が住《す》みついてきた歴史《れきし》を持《も》つ町を、二世紀以上《せいきいじょう》見守《みまも》ってきました。木の洞《うろ》に住む小動《しょうどう》物《ぶつ》たちにとって、レッドは安全《あんぜん》で心地《ここち》よい家です。町の人たちにとっては、涼《すず》しい木陰《こかげ》をあたえ、新緑《しんりょく》や紅葉《こうよう》で目を楽しませてくれる憩《いこ》いの場であると同時に、特別《とくべつ》な「願《ねが》いごとの樹《き》」でもあり、毎年五月一日の「願《ねが》いごとの日」には大勢《おおぜい》の人々が、端布《はぎれ》や紙に書いた願いごとをレッドの枝《えだ》にむすびつけます。

人生にはよいことも悪《わる》いこともあるけれど、長い目で見れば、よいことが断然《だんぜん》多い、大枝《おおえだ》が折《お》れてできた傷《きず》が、年月をかけて動物《どうぶつ》たちを守《まも》る洞《うろ》となるように、悪《わる》いできごとも、時間と愛情《あいじょう》と希望《きぼう》があればよいことに変《か》わる――長年の経験《けいけん》にもとづく深《ふか》い洞察《どうさつ》と、若木《わかぎ》のようなほがらかさをあわせ持《も》つレッドは、美《うつく》しい季節《きせつ》のうつろいをいつくしみながら、親友であるカラスのボンゴをはじめとする住人《じゅうにん》たちとのおしゃべりを楽しみ、町の人々のよき聴《き》き手《て》として、また観察者《かんさつしゃ》として、おだやかな日々を送《おく》っていました。ところが、イスラム系《けい》の家族《ぞく》が引《ひ》っ越《こ》してきたことをきっかけに、町の空気が変《か》わります。そして、ある朝……。

キャサリン・アップルゲイトの作家としての経歴《けいれき》は二十年を超《こ》え、みずから習作時代《しゅうさくじだい》と位《い》置《ち》づけるSF《エスエフ》やエンターテイメント作品《さくひん》もふくめ、ジャンルも読者《どくしゃ》の対象年齢《たいしょうねんれい》も幅広《はばひろ》く多彩《たさい》です。三年の充電期間《じゅうでんきかん》ののち執筆《しっぴつ》を再開《さいかい》し、内戦《ないせん》のつづくスーダンで家族《かぞく》と生きわかれてアメリカへ移住《いじゅう》した少年を描《えが》く“Home of the Brave”（二〇〇七年）で新境地《しんきょうち》をひらきます。その後も、ショッピングモールのせまいおりで飼《か》われていた実在《じつざい》のゴリラをモデルとする“The One and the Only Ivan”（邦訳《ほうやく》『世界一幸《せかいいちしあわ》せなゴリラ、イバン』講談社《こうだんしゃ》）、貧《まず》しさから食事《しょくじ》を十分にとれない少年と空想《くうそう》の猫《ねこ》との友情《ゆうじょう》を描《えが》いた“Crenshaw”など、一連《いちれん》の魅力《みりょく》ある作品《さくひん》でニューベリー賞《しょう》をはじめ数々の賞を受賞《じゅしょう》し、現在《げんざい》もっとも注目《ちゅうもく》をあつめる児童書《じどうしょ》作家の一人といえるでしょう。「相手《あいて》を大切に思う気持《きも》ちや、逆境《ぎゃっきょう》をはねかえす力、希望《きぼう》が勝《まさ》るようすが、気どりなくやさしい言葉《ことば》で描《えが》かれる」と書評誌《しょひょうし》〈カーカス・レビュー〉が称賛《しょうさん》するように、ユーモアをまじえた親しみやすい作風が、多くの読者《どくしゃ》に支持《しじ》されるゆえんです。

「社会へのいきどおりが執筆《しっぴつ》のきっかけ」という本作では、移民《いみん》に対《たい》する差別《さべつ》や憎悪《ぞうお》といった、きわめて今日的問題《こんにちてきもんだい》が、思いがけない展開《てんかい》から二百十六歳《さい》の主人公《しゅじんこう》を窮地《きゅうち》に追《お》いこみます。けれども、「楽観的《らっかんてき》おせっかい」を信条《しんじょう》とするレッドオークの古木《こぼく》は、困難《こんなん》な状況《じょうきょう》にあっても怒《いか》りやなげきとは無縁《むえん》で、声高《こわだか》なもの言いをすることもなく、希望《きぼう》とユーモアと周《しゅう》囲《い》への愛《あい》をわすれません。寛容《かんよう》さがないがしろにされがちな「今こそ必要《ひつよう》とされる、思いやりにあふれた物語《ものがたり》〈ブックリスト誌《し》〉」は、「すべての年齢《ねんれい》の読者《どくしゃ》に、生涯《しょうがい》わすれられない強い印象《いんしょう》をのこす〈ニューヨーク・タイムズ紙〉」でしょう。

物語《ものがたり》の中の「願《ねが》いごとの樹《き》」のルーツはアイルランドですが、ほかにも世界中《せかいじゅう》で、さまざまな木が「願《ねが》いごとの樹《き》」として大切にされているそうです。短冊《たんざく》に願いを書いて笹《ささ》につるす日本の七夕《たなばた》も、そのひとつといえるでしょう。「人々は希望《きぼう》を必要《ひつよう》としている」とレッドがいうように、住《す》む場所《ばしょ》や肌《はだ》の色、文化《ぶんか》がちがっても、自分のため、大切なもののため、そして世界《せかい》のため、なにかしらよりよくしたいと願《ねが》う人間の気持《きも》ちに変《か》わりはありません。

北米原産《ほくべいげんさん》のレッドオークの木は、日本でもアカガシワやアカナラなどと呼《よ》ばれて親しまれています。あなたの町の公園や街角《まちかど》で、見かけることがあるかもしれません。空がとびきり澄《す》んだ秋の日に、真《ま》っ赤《か》に燃《も》えさかる大きな木を見つけたら、ものはためし、近くへ行って耳をすましてみませんか？

二〇一八年十月

尾高《おだか》　薫《かおる》

作者 キャサリン・アップルゲイト
Katherine Applegate

1956年アメリカのミシガン州に生まれる。「アニモーフ」シリーズ(夫との共著・早川書房)が世界中で大ヒット。"Home of the Brave"で2008年ゴールデン・カイト賞、『世界一幸せなゴリラ、イバン』(講談社)で2013年ニューベリー賞を受賞。

訳者 尾高薫
おだかかおる

北海道生まれ。国際基督教大学卒業。訳書に、「ガールズ」シリーズ(理論社)などのジャクリーン・ウィルソン作品、『戦火の三匹　ロンドン大脱出』(徳間書店)、『サマセット四姉妹の大冒険』(ほるぷ出版)、『サラスの旅』(ゴブリン書房)などがある。

願《ねが》いごとの樹《き》

キャサリン・アップルゲイト 作　尾高 薫 訳

発　行　2018年12月1刷　2020年4月2刷
発行者　今村正樹
発行所　偕成社
〒162-8450　東京都新宿区市谷砂土原町3-5
Tel:03-3260-3221(販売部)　03-3260-3229(編集部)
http://www.kaiseisha.co.jp/
編集協力　宮田庸子
印刷・製本　中央精版印刷株式会社

NDC933　206p　20cm　ISBN978-4-03-726910-4
Published by KAISEI-SHA. Printed in Japan.